放射線科医
さし先生の

あなたの知らないアメリカ留学
～楽しかったり、いじけたり～

佐志 隆士

明窓出版

CONTENTS

00　米国にたどりつくまで　6
01　はじめの一歩 in 米国　9
02　ケチるとろくなことがない　12
03　 たべものがマズイ　14
04　Apart 話　17
05　America は左ハンドル (steering wheel)　20
06　米国独立記念日　23
07　基本的には「邪魔者」　26
08　E-mail address が貰えない（>_<）　30
09　SuperMarket　33
10　電話　37
11　Blueberry 摘み　41
12　ずるい日本人　45
13　差別　48
14　ロッカー　51
15　黒人少年と新聞　54
16　America から十年遅れている日本　57
17　ビジネススクール (business school)　60
18　戦艦ノースキャロライナ（North Carolina）　63

19 泥と bathroom 66
20 Hurricane Floyd 69
21 Duane との一泊二日旅 72
22 M*A*S*H 76
23 Goodbye. Farewell and Amen 79
24 時差 82
25 State fair 州祭り 85
26 Halloween 88
27 感謝祭 91
28 Chicago に行く 94
29 ラジオ (radio) 97
30 Florida の Orlando に行った Christmas (1) 101
31 Florida の Orlando に行った Christmas (2) 105
32 Florida の Orlando に行った Christmas (3) 110
33 Florida の Orlando に行った Christmas (4) 114
34 Mac、Bou-nen-kai、大晦日 118
35 America 南部に大雪が降る 123
36 George Winston、そして Elton John 128
37 車検、健康保険、自賠責保険、運転免許証 132
38 完璧美人 135

39　ワシントン（Washington）で桜が咲いた！　139
40　Holocaust 博物館に行く Part1　143
41　Holocaust 博物館に行く Part2　147
42　ナマズの唐揚げ　152
43　本場でのプロレス観戦と気まずい思い　157
44　Charleston に行く America 黒人奴隷問題　161
45　国際運転免許証取得（ver.2）と W 教授とのお約束　168
46　出た！ゴキブリ（(≧Д≦) ww　173
47　Ice cream が注文できない（>_<）　177
48　本学図書館日本語 corner があることは知っていた…　181
49　勇気を出して散髪に行く　185
50　危険な散歩　190
51　帰国までの countdown　194
52　大都会 New York へのお別れ旅行　198
53　America 最南端 Key West に行く　204
54　米国留学 最終回　210

番外編 Helms 夫妻、秋田での四泊五日の理由　213
あとがき　224

00　米国にたどりつくまで

　海外での生活を体験してみたい。日本にいたら判らない世界での最先端を real に知りたい。それには一度、留学をしてみたいと思うのは大学人にとって当然の感情かと思われます。

　私は義務教育から始まり何年間も英語を勉強させられて、"これで米国に行かないのはもったいない"と思っていました。
　しかし、bubble 全盛の頃から行き始めた全米放射線学会の"真冬の Chicago"で遭遇した米国人のよそよそしい態度に、こんな"冷たい国"に留学するのは嫌だと思うようになっていました。その当時の日本人は、特に嫌われていたように思います。

　しかし、現在の米国経済は絶好調で日本はその逆。留学は今が chance です。

　私はと言えば、1999 年に偶然に偶然が重なり、"棚から牡丹餅"のように North Carolina（NC）、Durham にある Duke 大学の放射線科、骨部門への留学が決まりました。
　親分である Helms 教授から E-mail で OK が出たのが 12 月、米国にたどりついたのは翌年 6 月末です。

半年の準備期間は長いようであっという間です。VISAを手にしたのは出発ギリギリでした。この艱難辛苦（＊1）の事務手続きの他に、"英語力"をつけることと骨軟部放射線診断学（＊2）の"学習力"をつけることが、その半年間での急務でした。
　たった半年の"付け焼き刃"だと思われるでしょうが、もしこれを怠っていたら、[艱難辛苦]×[艱難辛苦]状態になっていたことは間違いありません。

　Duke大学で放射線科研修医（resident）に合格する競争率は50倍、骨部門（bone section）で専門医研修（fellow）を受けられる競争率は25倍という、米国人医師でも立っているだけでも辛そうな所へ、私は勉強しに行ってしまったのです。

　"米国に行けば自然に英語が上手くなる"というのは夢想で、実際は"英語が判らないことに慣れる"だけであり、"英語のshowerは全て雑音"に聞こえるのだそうです。これでは、放射線診断学の勉強どころではありません。
　そこでinternetで知った、房総の田舎に住む英語発音専門家の鵜田さんの所に英語発音のtrainingに行きました。ここで得たitemは"諦めない勇気"です。鵜田さんのhomepage"30音でマスターする英会話"にある"私のアメリカ体験記"では、若い頃の鵜田さんが艱難辛苦の末に発音を習得した過程が述べられています。

(＊1) 艱難辛苦とは"非常な困難にあって苦しみ悩むこと"
現在ではあまり聞かない言葉になっていますが、私のAmerica留学期間中はこの言葉が頻繁に頭に浮かびました。
(＊2) 骨関節と軟部組織（おもに筋肉）の画像診断を実践・研究する医療・学問（Musculoskeletal radiology）。

01　はじめの一歩 in 米国

　留学の半年前、Chicago発成田行きの飛行機の中での話です。

　私はDuke大学を訪れ、米国南部の"ど"田舎の素晴らしさ、澄んだ空気、青い空、素朴な人情に触れてここなら留学したいと思っていました（秋田に来た理由といっしょ！）。それにbone sectionのHelms教授は好色で冗談の判る人のようだし（これは後日、事実と判明）。

　ところで、日本人と思われる飛行機の隣席の紳士が、厚いpaperback（Jurassic Park：A Novel）を読んでいました。

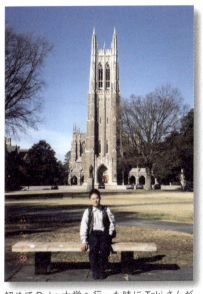
初めてDuke大学へ行った時にTakiさんがchapelの前で撮影してくれた写真。

　そのspeedが猛烈に速い！ 仮に日本語の本だったとして私が読んでも1週間はかかりそうな本を、数時間で読み終えてしまったのです。

　あまりに速いので日本人ではないかもしれないと、おそるおそる"日本語喋れますか？"と聞いてみました。すると流暢な日本語で"も

ちろん " とのお返事。やはり日本人でした。

　米国には Italian の奥さんと娘さんがいらして、職場は日本の大学で教官をなさっているとのことでした。いろいろお話をして、自分は米国へ留学したいと思っていると相談しました。

　紳士いわく、留学したらまず自分の要求は必ず出さなければダメだ。最低、机を貰う必要がある。それからしばらくして慣れてきたら、米国を車で旅行しなさい。Highway は America の創りだした文化の最高のものの一つだから、ぜひそれを体験するべきだ、この二つの advice をくれました（この advice は後日、有益と判明）。

　私：私の英語力はアメリカ人の小学生並みかもしれない。
　紳士：小学生以下でしょう。私は娘が観て笑っている TV のソープ・オペラ（＊1）が笑えない。

　隣の英語の達人が娘より英語が判らない！？

　その半年後、私は痛いほどに小学生以下の英語力を実感させられることになりました。

　Helms 教授と初めての会話＠ Duke Medical Center です。
　私：机が欲しい。
　Helms 教授：？？？

な、なんと！デスクが通じない。

私：DeSuKu, DeSuKu,
Helms 教授：？？？,？？？……Oh, Desk！

私の艱難辛苦のハジマリは、desk が通じないことでした。

そして艱難辛苦の二番手は、Helms 教授の "I can not give you a desk." の答えでした。Helms 教授が来るまでの Duke 大学の bone section は小さく、ちょうど人数をどんどん増やしていたところだったので、私の desk は確保されなかったのです。

それは、留学地獄の幕開けでもありました。

それでもしばらくすると、Helms 教授にだけは英語が通じるようになりました。

しかし、ふと気がつくと勘の良い Helms 教授は "Oh. Ryuji, ペラペラペラ……" 私が話す前から私が言いたいことが判ってしまうのです。

心優しくて勘が良くて（女性好き？）、lucky と言えば超 lucky ではありました。Helms 教授大好き。

(＊1) TV や radio の連続ドラマ (drama)。日本で昔言っていたところの昼メロ。米国では sponsor に石鹸会社が多かったことでソープ・オペラ (soap opera) と呼ばれているそうです。

02　ケチるとろくなことがない

　留学前に同僚の高橋先生に"プロレス「監獄固め」血風録"（講談社）なるマサ斉藤さんの本を貰いました。私はこの本を米国まで大切に持って行き、何度も勇気づけられました。

　この本によると、私の行く南部 America の女性は southern bell と言って、美人で open heart & body とのことなのであります。

　そしてマサ斉藤さんいわく、米国人はケチなのだそうです。その中にあっても、ケチらないほうが良いと書いていました。

　私は、留学にあたっては貧乏になるので、まずは倹約を考え、荷物を一番安い船便で送りました。ところが夏服も入っている荷物がいっこうに届きません。やっと届いた荷物は全て cutter で切られており、本や floppy disc が散逸しているではありませんか。だらしのない私は何が無くなったかもよく判りません。ケチるとろくなことがないことの始まりです。

　私が留学した Durham は車無しでは生きていけない田舎で、病院の駐車場をまず確保しなければいけないのですが、係の人は屋根つきの立派な駐車場を勧めます。年間何百 dollars です。

　私は迷うこと無く年間何十dollarsの安い駐車場を契約しました。そばにいた見知らぬ女性が、"その駐車場はすぐにいっぱいになるから良くない"と忠告してくれましたが、私はどうせ早朝conferenceに出るからまあイイヤと思って契約しました。

　最初は精神的にも元気で、涼しい朝の散歩も苦にならなかったのですが、ある日、ちょっと遅れて行くと駐車場がいっぱいです。この広いAmerica、どこでもイイヤと思って道路の端に停めていたら、campus policeなる者が何十dollarsなる駐車違反の切符を貼り付けています。これは一年分の駐車料金になる金額です。やはりケチるとろくなことがないと、またしても思い知らされました。

03 たべものがマズイ

"プロレス「監獄固めの」血風録"には、「米国に行ったことがある日本人は"たべものがマズイ。"というけれどそんなことはない」と書いてあります。

私の感想は、"本当にマズイ"です。

一部某放科前教授のように"美味しかった"という人もいるようですが、それは渡米前に劣悪な食生活をしていた人達であります。

米国の食べ物は味より量で、味も甘いものは徹底的に甘いというのが特徴です。繊細という概念はありません。私のように感性に優れた繊細な人間には耐えられない食べ物でありました。

フランス系、イタリア系、中華系の、本来は繊細な味覚を持つ料理人も、味盲のアングロサクソンを相手に料理を作っているうちに堕落してしまうのでしょう。私の場合は、レストランのシステムが判らないのも苦痛でした。

病院のカフェテリアはbuffet形式で、色々ある食べ物から選び集めてレジでお金を払うのですが、自分が食べたいものを適切な量、注文するのは至難の技です。揚げ句に、勇気をだして注文しても、手に入れた食べ物はマズくて量が多いという拷問パターンです。

街のレストランでも事情は同じですし、チップの払い方が店によって違うのも苦痛でした。苦労した揚げ句が、拷問パターンでは耐えられません。

そこで私は自ずと自炊の道を選びました。どうせ毎日が暇だったので、好きなものを作りました。食材は近所のスーパーにも豆腐やもやしなどが売っていましたし、韓国系、中華系、日系の店も、足を伸ばせばありました。日系の店は私が渡米する前にできて、帰国後つぶれたそうです (@_@)。

最初に作ったのはカレーライスです。これが美味い!! 美味しいものができると誰かに食べさせたくなります。一生懸命作ったものを"美味い"と言って食べて貰えれば、視床下部にβエンドルフィンがビュビューと吹き出すのでしょう。それ以前の、話し相手もいなかった長い黙想状態からの脱却です。

その内に毎週水曜と日曜は料理を作り、富山の内科医の矢田先生、プータローのDuaneが常連として来てくれるようになりました。矢田先生からは留学生がいかにDuke大学でsurvivalするかの情報をたくさん仕入れることができました。Duaneは英語と米国文化の先生になってくれました。

なんせ留学先は最高の放射線科診断学を学ぶ所であり、英語を学ぶ所ではありませんでしたから、随分とこれには救われました。職場fellowのJohn Lee先生を夫妻で数回招待したことで、John君には留学期間中、最後まで助けられました。

料理人になったおかげで、その後、矢田先生、Duaneという最高の運転手を手に入れて、アメリカが作りだした最高の文化の一つであるという高速道路を利用し、フロリダ、ワシントン、ニューヨーク、etc. へと出かけ、広い広いアメリカの乾いた空気を満喫したのでありました。

───どうしてもダシ巻き玉子が食べたい───

　滞米中、お寿司屋さんの玉子焼きがどうしても食べたくなりました。

　まず、ダシ巻き玉子用のフライパンは現地のTakiさんが譲ってくれると言います。日本からとりよせた高価なものでした。

　神戸の母も、秋田の妻もダシ巻き玉子を作らないので、作り方を知りません。医局秘書の五十嵐さんに頼んでレシピをfaxしてもらいましたが、？十年前の新婚時代のもので字がよく読めません。

　それでも試行錯誤でなんとか作ってみます。本当は裏ごしをしないとダメらしいのですが、"まぁいぃや"と焼いてしまいます。

　豪華フライパンのおかげでなんとか焼けました。韓国製の本だしかつおを最初に使いましたが、やはり花がつおでダシをとったほうがおいしく焼けます。

　ダシが30％ほどの比率のところで落ち着きました。食文化果てる地のノースキャロライナで、ダシ巻き玉子を食べる何たる幸せ♪(￣口￣)♪。

04　Apart 話

　この apart は月＄635で冷暖房完備、家具、水道・電気代込みです。私の前に住んでいた日本人留学生のものを全てそのまま使わせてもらいました。電話・fax、食器、洗剤、toilet paper 等全てです。とても快適な apart でした。私が過去に住んだ住居では最高のものでした。共用の pool もありました。America は土地が滅茶苦茶安いのです。だから日本より何もかも安くできるのです。Bubble 崩壊の意味が米国に住むと実感できます。絶対的には価値の無い土地の値段を限りなくつりあげて、日本は金持ちになった気になっていたのです。

　入居手続きに行った時、不動産屋のオバサンが何を言っているか判らず、何度も聞き返していたら顔を赤くして下を向いてしまいま

した。後で聞いたところによると南部訛りが強い方とのことでした。私にとっては標準英語も南部訛り英語も同じ英語で判らないことには違いが無いのですが、相手はそれを知らないので、恥ずかしかったらしいのです。

　その後も隣の紳士が南部訛り英語を標準英語に通訳してくれたり、逆に"あの子何て言った？"なんて聞かれたりもしました。
　Duke Medical Centerの中でも、Spanish訛り、Argentina訛り、Australian訛りとかの英語が飛び交っていましたが、英語が判らない医者は私だけのようでした。
　実は先住者の日本人から中古車を売りたいという案内がfaxで送られてきて、車を買ったついでにapartも引き継ぐことにしたのです。中古車は16万km程走っているもので、＄4000でした。それを帰国の直前に＄2000で売りましたが、日本だと鉄くずのような車です。
　米国は消費文化というのは嘘で、どっちが得かを常に考える合理的ケチ文化です。傷物、中古だからと言って激安ということはありません。人の使ったものでも使えれば平気のようです。Thrive shopと言ってとんでもない中古品専門の店が所々にありました。また、garage saleも実に頻繁に行われていました。米国人は実にケチ（合理的）で、そういう人達が他国からやって来て、surviveしているのです。
　ところでこのapartには立派な暖炉がついていました。なんせ冷暖房完備ですから、全く必要の無いものでした。暖炉がついていると家賃が高くなります。

暖炉と煙突は西洋人にとって家庭・安らぎの symbol なのです。何もかもが合理的というわけではなく、彼らにも、それなりにお金を超えた価値観があるのは当然ですね。なんせ煙突が無いと Christmas に Santa さんが来られませんから。

左が Mac の置いてある机、奥が暖炉。暖炉の上にスター・ウォーズのポスター。その上に先住の日本人Ｓさんが残してくれた時計。暖炉の前に地上波だけが観られるテレビデオ。窓の外は森。

05　Americaは左ハンドル (steering wheel)

　皆さん御存知のように、Americaでは車は右側通行で、wheelは左にあります。頭の切り替えが上手くいかず、車のどちら側のdoorから乗るのか、とうとう米国を去るまで毎朝、迷い続けていました。

　私が住んでいた所は、南部の田舎でとてものんびりしていました。信号が青になってもone, two, threeの間があってから発車します。一旦停止の交差点でも、いつも私が先に行かせてもらいました。

通勤道路

Apartと大学までの所要時間は20分程でしたが、緑の中の運転はとても、とても爽快でありました。

　臆病者の私はこの通学路しか運転できませんでした。ですから大学と近くのsupermarket以外は車ではどこにも行けませんでした。

　それでも頻繁に道に迷ってしまい、そんな時は焦ってしばしば反対車線に入ってしまいました。のんびりした所で

はありましたが、さすがに対向車はビックリしていました。

　そんな生活が一ヶ月半程経過した頃、秋田の家族が夏休みを利用して North Carolina に遊びに来ることになりました。何も無い Durham の街ではつまらないだろうと思い、隣の Virginia 州の Williamsburg という観光地に連れて行くことにしました。米国で最も古い入植者の町で、日本でいえば"修学旅行で行く伊勢神宮"的な所であります。

　まずは Durham 周辺の高速道路を走る練習をしました。高速道路と言っても、日本とは違い無料で、料金所はありません。
　広大な America ですから隣の町に行くのも高速道路ですし、片側四車線なんていうのはざらにあります。

　命がけの練習が終わり、"これでどこへでも行ける"と思った時、ふっと吸った空気があまりに美味しくて、"この America でやっと自由になれた"とつくづく思いました。逆に、実はその頃すでに、初期 neurosis（ノイローゼ）になっていたのであります。

　Motel (＊ 1) を予約し、地図を買い込み、高速道路の予習をしてのお父さん面目躍如の drive 旅行です。
　旅行中も当然のように道に迷って立ち往生していると、警官が来てくれました。夜中に人気の無い暗がりで警官がやって来た時は、

私は大声で "Help me" と言いながら、心の中では "Don't shoot me!" と思っていました。大柄な警官は、私に銃を向けることもなく親切に道順を教えてくれました。くわばら！くわばら！

アパートと職場の間は森また森で爽快なドライブ。夜はちょっと怖い。

(* 1) Motel（motor hotel）：自動車旅行者のための簡素な hotel。日本で言うモーテルとは別。

06 米国独立記念日

日本人は私を除けば、Duke 大学の business school(経営大学院)の学生達と奥様方。Business school の学生さん達は一流企業から高給を貰っている。なぜか、全員美人の奥様がいて America を満喫します。

　私が留学していた Durham は North Carolina 州にあります。……と言っても誰も判りませんね、私も全く知らなかった。

　North Carolina は New York と Florida の間の東海岸にあります。America 南部です。この南部というのは、要するに南北戦争の時に、南軍側であったということです。

　Durham はたばこ産業の街だったのですが、America のたばこ産

業に対する魔女狩りのためかさびれています。このたばこで大もうけした人が作ったのが、私が留学していたDuke大学です。

　Durhamは黒人の多い街で、映画"Collector"の舞台になったほど森の深い所でもあります。

　6月の末にDurhamに着いて、在米中ずっと、いろいろとお世話になるTakiさんという女性のお家に1週間ほど泊めてもらい、apartに移る準備をしました。まずsocial security番号を貰い、電気水道、電話、不動産屋、車の保険、銀行の加入、車の購入……とってもたいへんです。習慣、言語が違う国で生活の基盤を作ることは艱難辛苦の至難の業です。
　留学経験者の言葉としてよく耳にしたのは"最初の六ヶ月は何が何だか判らない"、"帰国する頃にやっと慣れて、帰国の準備が上手にできる"であります。
　Takiさんは日本人ですが、ずーっとDurhamに住み、留学生の世話とかも仕事としている方です。最初の面倒な部分の大半を、私が米国に着く前にTakiさんが済ませてくれていたのです。

　世間一般のtoughで欲深い留学生ならともかく、私のように謙虚で慎ましい人間には、もとより留学する資格など本当は無かったのですが、Takiさんのおかげでなんとかなった次第です。
　また、Takiさんからはたくさんの日本人、米国人の友達を紹介し

てもらいました。

　さて、まだ Taki さんの家に宿泊している時、7月4日の米国独立記念日を迎えました。町内会の皆（犬も）が星条旗や風船やらを持って、町内の通りを行進して、町内の公園で国歌を歌い、それぞれの家庭から自慢の食べ物を持ち寄り party をしました。○○爺さんの lemonade とかです。
　とても暑かったのですが、消防車がどこからともなく現れて、空に向かって噴水してくれました。それでできた虹がとても綺麗で、子供達や犬がはしゃいでいました。
　子供から大人まで、素直に愛国心を表現できることを羨ましく思いました。

　しかし、ふと気がつくと黒人は一人もいませんでした。夜は大学の football stadium で花火大会があり、音楽に合わせて打ち上げられる花火が素晴らしく、これから米国で暮らす期待と不安をもって観賞しました。
　米国に着いて数日後のことでしたが、culture shock の始まりでありました。

07 基本的には「邪魔者」

　私が留学していたのは Duke University Medical Center の放射線科であります。

　放射線科は診断だけで九つの部門（腹部、乳房、心肺、神経、核医学、小児、骨、救急、血管）に分かれていて、私が居候していたのは骨部門です。

　教官達（faculty）が 47 人、研修医（resident）が 40 人、通常一年勤める fellow（＊1）は何人いたか不明ですが、骨部門には私を含めて 5 人いました。放射線科診断部門だけで 100 人を超える医者がいるというわけです。

図書館の terrace（テラス）。ここでよく hamburger を食べた！

医学生はたまにしか見かけませんでした。信じられないことに、放射線科の一番の仕事は研修医への教育です。研修医は安い給料で働く代わりに高い教育を受けられるというわけです。

Residentになるための競争率が50倍もあると言います。

Residentは九つの部門をrotationしながら四年で卒業し、放射線専門医試験を受けます。

その後、大半は給料の良い病院に就職するそうです。日本のように医師が大学医局の支配下に置かれることはないようでした。

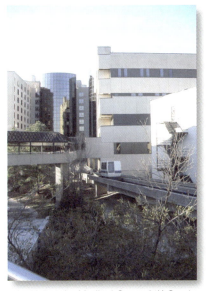

Duke University Medical CenterにはSouthとNorthのhospitalがあり無人carで結ばれている。写真は図書館から見たNorth Building。

Fellowはすでに放射線科専門医ですが、教官を助けながら教育を受けるのが目的で、同じく安月給で働きます。骨部門のfellowの競争率は25倍とのことでした。医学生にご馳走・接待を重ねて入局させる日本とはたいへんな違いであります。

Dukeの放射線科では毎朝7時からresident全員を対象とした講義があり、お昼休みには、骨部門に来ているresidentとfellowのた

めだけに講義をしていました。

　America人は講義中に飲み食いをして行儀が悪いとか聞いていましたが、どちらかというと研修医が食事をしている昼休みにまで講義をしてしまうという感じでした。

　留学前に、私が置かれる立場は、"基本的には「邪魔者」"であると先人より教えられていましたが、客観的に見ても"邪魔者"であることは間違いありません。第一に仕事をしない。もしくはできない。第二には英語を話せない、聞き取れない。第二の理由のためにちょっとした雑用も頼めないのです。

　50倍の競争率を維持するだけのことはあって、教育は素晴らしいものがありました。研修医を叱ったり、恥をかかせたりする光景は留学期間中一度も出会いませんでした。

　臨床各科とのconferenceは骨部門だけで週に五回もあるのですが、研修医は参加しません。Conferenceは患者さんのためにあるものだからです。それぞれの科の主任がpresentationをして診断・治療方法について議論をするというのが原則でした。医学生や研修医のための教育は、別の講義室で十分な時間を割いて行うのです。

　この素晴らしい教育のおこぼれを小判鮫よろしくいただこうというのが私の立場でありましたが、いかんせん、この素晴らしい教育が英語で行われているのが難点であります。耳をダンボにしていて

も何を言っているか判りません。膝の MRI の話をしているのかと思っていたら、New York のオバサンの話に変わっていたり、昨夜の basketball の試合の話をしていたりもします。

　その場から少し離れて仕事をしている人でも、耳の良い native は、突然、笑いだしたりもします。その上、conference に参加していると"背が高くてハンサム（good looking）な整形外科医"が私の前に割り込んで来て、肝心の X 線写真が見えなくなってしまうのです。それで邪魔者の私はお昼を過ぎた頃には逃げ出したくなるという次第でした。

　私と X 線写真との間をさえぎるという無礼な行為が無くなるのに半年程かかりました。私は背が高くてハンサム（good looking）な男は嫌いです（＊2）。

(＊1) Duke 大学放射線科 fellow
Fellow は、放射線科四年の resident を終わって放射線専門医の資格を持つ医師。当時の bone section には三人の有給 fellow と、Australian の Luke と私との二人の無給の fellow がいました。現在は八人の fellow がいて、俸給は年＄54,534。

(＊2) なぜか Duke の男は皆、neat & good looking。

08 E-mail address が貰えない(>_<)

　そもそも internet は留学二年前より使い始め、E-mail 無しには暮らしていけない状況にありました。

　留学前からメジカルビュー社と"肩関節の MRI"なる本を出版するべく E-mail で交渉していたので、E-mail が使えるかどうかは死活問題でもありました。逆に"E-mail があるからいいよね"と友人からは言われていました。

　……というわけで、留学前から Helms 教授には E-mail address が欲しいとお願いをし、快諾を得ていました。秋田に残す家族とも E-mail で連絡がとれるようにと大学に置いていた desktop の Mac をまずは日本の自宅に移動し、internet をつなげました。

　ローマ字では、E-mail も internet も楽しくもないし、実用的でないので MacBook を購入して米国に持って行きました。
　渡米前後は"ケチるとろくなことがない"ということを理解していませんでしたから、なんとか安く済ませたいと最低限の system を手で持って行ったのですが、Duke の放射線科は Mac 一色なのに、州都の Raleigh まで行っても Mac の付属品は売っていなかったので焦ってしまいました (＊1)。

結局、秋田の大学生協の佐藤徳祐さんに海を越えてお世話になってしまいました。

　ところで、Helms 教授が E-mail について頼んでくれた A 氏は、いろいろと理由をつけて address をくれません。
　そこで持って行った Mac にたまたま AOL（アメリカオンライン）soft（一ヶ月無料）が入っていたので、apart から国際電話で日本の AOL に加入しました。

　最初に mail を出せたのは渡米二週間後の 7 月 12 日です。深夜独りぼっちの apart で、internet がつながり日本の site が見られ、秋田の友人からの "You'veGotM@il" が受け取れた時は本当に嬉しかったです（＊2）。

　私の留学期間は一年余の予定でしたので、勉強・仕事で何らかの収穫を得るためには、生活の "know-how" を身につけるために時間を割いている余裕はありませんでした。
　しかし、円と dollar の違いもあるかもしれませんが、＄1，＄2 のお金を節約するのに "心と時間" を浪費し、思わぬ不注意で万単位の無駄遣いをするということがしばしばありました。どうやらこれは私だけではなく、全ての留学生にも言えることのようでした。

　ところで問題の A 氏の最終的答えは "私は担当者ではない" とい

うのが結論でありました。後日知り合った日本人留学生医師の矢田先生に教えられた場所に自分で出かけて行くと、それはとても笑顔の素敵なお嬢さんがいて、その場でDuke大学のaddressが貰えました。

　Duke大学の回線は無料ではありましたが不安定で、留学四ヶ月後のことですっかりAOLに慣れていたので、結局帰国までAOLを使用しました（＊3）。
　Internetが無かった時代に留学した諸先輩と今時の留学とは天と地の違いがあるはずです。今も大量のE-mailが私の人生の宝となって、AOLの保存boxに残っています。留学先で日本から貰う"情け・好意"の効果は数十倍です（^.^）。

（＊1）その後、Duke大学売店の地下三階にMac中心のpersonal computers shopがあることを矢田先生に教えられ唖然驚愕（@_@）。私は売店に地下三階があることすら気づかずにいたのです。

（＊2）AOLではmailが届くと"You'veGotM@il"のmessageが鳴ります。これが無性に嬉しいのです。

（＊3）Apartの電話回線からpasswordを使いDukeの回線に入ることができます。市内通話料は基本料金内に含まれており事実上無料です。これはAOLでも同じで、接続場所がDurham近郊だけでも多数ありました。

09 SuperMarket

　米国で留学者として survive するためには様々な生活 system を理解する必要があります。その中の一つが supermarket での買い物です。

　私の住まいは Woodcroft という apart 集落の中にありました。Apart 集落と言っても森の中で、住まいとしては日本では想像もつかないような situation です。イメージ的に近いところですと、リゾート地である安比高原のペンション村のような感じで素敵なのです。

　その森の入口に shopping-center がありました。Food Lion という supermarket を初めとして、DIY（Do It Yourself）の店、まずい take-out の中華料理屋さん、超まずい日本料理店（一度行ってコリゴリ）、rental video 屋さん（会員になったけれど STAR WARS 3 部作を一度借りただけ）とかの小さな店が駐車場を取り囲んでいました。

　さて Food Lion は America 人にとって有名らしく辞書にもあります。基本的には最近秋田でも見られるようになった大型のスーパーに似ています。営業時間が長いのも特徴です。

　お金さえ出せば夜中でも働く人はいるというのが米国です。牛乳、

orange juice、ice cream（美味い）、ham、sausage（まずい）等の品数の多さに唖然としました。

　Dog & Cat food の列が丸々 1 列あるのは米国ならではです。レジ（cash resister）も何列もあり、品数の少ないお客さんは express lane に並びます。私はいつもどのレジが早いかと思案したあげく、なぜか時間のかかるレジに並んでしまいます（得をしようとして損をするのは私の人生の基本 pattern です）。

　南部の田舎のためみんなのんびりしています。レジでは早口で"キャ-ォ-デビ：Cash or debit ?" と聞かれます。Debit card では暗証番号を使い銀行の口座から直接お金が引き落とされます。またその場で、現金の引き出しもできます。
　さらにレジでは "ペ-ォ-プラ：Paper or plastic ?" と紙袋かビニール（vinyl）袋かも聞かれます。

　"zip ?" と電気屋さんでは聞かれました。これは郵便番号のことです。量り売りの魚介類を買えるようになったのは半年も過ぎた頃です。"lb."[1pound= 約 500g] がなんの意味か判らなかったからです。

　日本と根本的に system が違うのですから、英語が理解できるわけがありません。最初は何が何だか判らず、何度も何度も聞き返して、店員も私も諦めるという次第でした。強い南部訛りのために理解さ

れないと思い恥じる店員にも何人か出会いました。Manager が出てきたり、標準米語に通訳してくれる白人が現れたりしたこともありました。

　食品は日本よりはるかに安いですが、あれこれ shopping cart に入れてまとめて cash card で払っていたので一つ一つの値段は思い出せません。

　Alcohol は初めから料理用以外は買いませんでした。お酒を自制して飲む自信が無かったからです。一生に一度、家族や収入を犠牲にしての研修（修業？ long vacation ？？）でしたので、それなりの成果をあげたいという気持ちが強かったのです。

　さて私の apart から車で 10 分もかからない所に、Kroger と Harris Teeter という supermarket もありました。しばらくして気づいたのですが、どうもそれぞれの店で商品も客層も違うのです。Food Lion は黒人や貧しい人、Kroger は白人が多いのです。Harris Teeter は品揃えが多く、Hispanic（ラテン系）、中国人、日本人にも対応していました。美味しい野菜炒めを作るためには Wellspring という遠くて高めの店まで行く必要がありました。

　こういう調子で留学期間は矢のように過ぎていきます。

　Apart の手前にある Food Lion で、レジ係（cashier）が "あんたこの card を持っていないの？　信じられない。あそこにいる

managerに頼んで作ってもらいなさいよ。今日は仕方ないから、私のcardを使ってあげる"と言います。世話好きで親切な黒人の女性でした。

　日本でも最近増えてきた割引cardです。言われるままに作りました。写真のMVPとあるcardです。そんなものかと思いHarris Teeterのcardも作りました。VICと書かれている三角のcardです。そういえばお客さんは必ず、cardを見せて買い物をしています。また新聞の折り込みチラシにはcoupon券が入っており、それを持って行けば少し安くなるようでした。人々はこのような値引きをまめに使います。Americaの習慣は、少し遅れて日本でも試されるようです。

　いっしょに写っているカギとワイヤー（wire）は、ノート・パソコン（notebook）の盗難防止のためのものです。Dukeのどのパソコン（personal computer）にも盗難防止用wireがついていました。図書館でMacを使って仕事をしていて、疲れて散歩に行く時はこのwireとカギが役立ちました。Apart、車のカギもいっしょにつけていました。

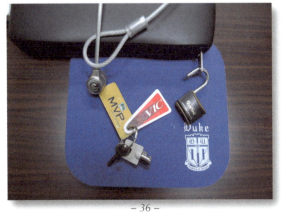

10　電話

　電話英語が難しいことは、よく知られています。まず電話に加入するのに電話で契約する必要があって、これがたいへんだそうです。私の場合は現地お助け person の Taki さんに電話を早々に加入してもらっていました。

　最初の電話会社は、粉飾決済で騒がれた WorldCom に途中買収されました。Taki さんに教えられて国際電話は安いものと契約をしました。

　月々の請求書が送られてくるのですが、私の性格もあり、英語で書かれているとどうもピンと来ません。まあイイヤと思っていました。

　ところが日本食品を売っている"はとや"なる店に行くと、在米日本人のための新聞が無料で置いてあり、これに様々な国際電話の宣伝が出ているのですが、どうも私が払っている金額より一桁安いのです。

　若干青くなって、電話会社に電話したら過去にさかのぼってお金を返却するとのことでした。電話会社の単なるミスのようでした。何も知らずに高額のお金を払い続ける留学生もいるはずです。留学生は必ず徒党を組んで助け合い、情報交換するべきです。

日本に帰国するために apart を出る日には、電話会社に"電話を止めてくれ"と電話をします。そして帰国後、最後の月の請求書が日本に送られて来ます。これは米国に残しておいた銀行の口座の小切手で払います。

　米国では card と小切手は重要です。Apart の敷金と途中解約した車の保険料の残高返金も日本へ小切手で送られて来て感動しました。
　その後、顔見知りの銀行員が転勤したらやばいと思い、"解約するから残金を全額日本に送金してくれ"と fax で頼みました。無事残金が秋田銀行に振り込まれた時はホッとしました。さらに端数のお金が小切手で届いてまたビックリです。

　米国は犯罪社会とか言いますが、むしろ多様性の国というのが正しいのです。犯罪者は日本より高確率で存在するようですが、一般の人は善人で律儀なのです。
　さて米国では cable TV が盛んで何 channel もあるのですが、私は電話をかけて英語で契約をするのがめんどくさくて地上波の数 channel の TV しか観ることができませんでした。

　一度も Pay Per View なる pro-wrestling を観ることができなかったことが悔やまれます。TV では頻繁に通信販売の telephone shopping の宣伝をしているのですが、Charlton Heston の Bible video の宣伝があり、Charlton Heston の朗読は私の粗耳にもキチン

と聞こえるのであります。

　本当は H な video が欲しかったのですが、西洋文化を学ぶためにも listening のためにも良いかなと思い、勇気を奮い電話で注文してみました。
　すると電話口の相手は、"英語が話せる人と代われ"と言います。"Apart に一人だ"と言うと、"後日、英語を喋る人間に頼め"と言います。"Credit card 番号と住所くらいは言えるからビデオが欲しい"と言うとしぶしぶ相手は了解しました。

Charton Heston Bibile

　後日 video が無事送られてきましたが、しばらくすると頼みもしない tape もたくさん送られてきました。若干ぞっとしたのですが、video も tape も代金が銀行から引き落とされることはありませんで

した。TV通販でcredit cardで買ったのでそのvideoの代金は覚えておらず、現物のビデオが五本残っていますが値段は書かれていません。現在amazonでDVD 4pack約＄40です。日本で買えば1本8千円から3万円という高値がついています。

　Charlton Hestonの英語は聞き取りやすいのですが、繰り返し観るほどは面白くありませんでした。なんせお堅い聖書ですから……。また、こんなvideoに出ている敬虔なクリスチャンが悪名高き全米ライフル協会の会長であったことは、アメリカのキリスト教徒も一筋縄ではいかないということですね。アメリカ保守派の二面性をよく表していると思います。

11　Blueberry 摘み

私の右隣の女性が Taki さんの娘のサッチャン。可愛くて、美人で優しい人。私の左隣の女性が Taki さん、左に佐藤ご夫妻。楽しい一日でした。

America にいた 13 ヶ月で時間的に何を一番していたかというと、

1: "肩関節の MRI" という本の執筆（＊1）

2: Skeletal radiology（骨関節放射線学）の学習（留学の名目）

3: 料理

4: 英語の勉強（留学の名目）

5: E-mail 書き

……というところでしょうか？（＊2）

今にして思えば無駄な時間がほとんど無く充実していました。日頃意志薄弱の私ですら米国では"大和魂"が湧き出ていたと思われます。

友人で大学腎臓内科の涌井先生から、"留学の目的は生きて帰ること"とのadviceは貰っていたのですが、"留学の成果をあげるという欲"と"厳しい現実"とのgapで心の余裕はありませんでした。

"車の運転が下手"、"真面目に事務文書を読まない"というのが私を危険にさらす二大原因でありました。

そもそも留学の条件の中に"死体は本人負担で本国に送る"とかいう条項もあり、高額の保険に入ることが義務づけられていたのですが、英文で書かれていたこともあり理解できずに保険にも入っていませんでした。

また車を運転するのにも保険に入る義務があるのですが、契約時に"ぺらぺら"と喋られ、分割払いの保険料を払わなければならないことを理解しておらず、保険料請求の手紙をjunkなdirect mailと勘違いしていてすぐに期限切れになっていました。

これらの過失に気がついたのは帰国の四ヶ月前でした。この期間中、病気にもならず、交通事故にも遭わなかったことは、"運が良かっ

た"という他はありません。今にして思うと薄氷を踏むような留学生活であったわけです。

　一方、時間的には短いのですが、楽しい想い出もありました。Apart と work place を往復しているだけでは留学を楽しめないことは聞かされていたので、人からの誘いには全て乗る決心をしていました。

　米国について一ヶ月も経たない 7 月末に、Taki さんから blueberry 摘みに誘われました。道案内をしてくれた白人男性は、私の "L" の発音が悪いと舌を持ち上げては指導してくれました。さて blueberry 畑は無人で、机の上に 1 dollar /1 pound と紙に書いてあります。

　"量り"と"冷たい水が入ったクーラーボックス（cool box）"と"お金を入れる空き缶"が置いてありました。おおらかなものです。私は、8 pound（1 ポンド≒ 454 グラム）摘みましたが、10dallar 札を置いてきました。おつりをとる気にはなりませんでした。

　"南部は黒人差別"という先入観があったのですが、実はのんびりしていて人が良いのが南部です。Blueberry は食べきれない量でしたが、後日 jam にして waffle につけて留学期間中たっぷりと食べることができました。

(＊1) メジカルビュー社との熾烈な交渉の末、教科書"肩関節の MRI"出

版のOKを渡米直後に得ることができました。執筆は必死でした。膨大な量の勉強もすることができました。この仕事があったので、自由な身にありながらも"やることがない空虚さ"は皆無だったわけです。

(＊2) 留学中は私の人生の中で最も口数が少ない期間となりました。これは留学前には予想しなかった収穫です。人生を哲学する良い機会となりました。ですから"黙想"の時間が最も長かったというのが真実かもしれません。職場等の人間関係がほとんどないと心が浄化されます。現在は元のドロドロです＼(≧▽≦)／。

12 ずるい日本人

　富山の佐藤教授ご夫妻に州都の Raleigh で開かれたブルース（blues）の concert に連れて行ってもらいました。Concert と言っても、新聞で見つけた Shaw 大学 campus での無料の concert です。やっとたどりついた campus には、白人はほとんどいませんでした。

　Concert の途中で佐藤先生が"帰ろう"と言います。なぜかと聞くと"警官が増えてきて何か変だ"と言うのです。私は連れてきてもらったわけですから素直に従いました。
　その後、TV の news で Shaw 大学近辺は Raleigh 全体でその年度、最も犯罪率が高い地域であったと聞いて、佐藤先生の判断が正しかったのだとビックリした次第です。

　米国は一言で言えば"多様性の国"です。一方、日本は"画一性の国"と言えるでしょう。普通に暮らしている分には米国人は日本人より善人であったと思います。ただ多様性の国ですので当然犯罪も多いわけです。

　私が住んでいた Durham は黒人の多い田舎町でのどかな所で、警官が犯罪に慣れておらず、New York の居心地が悪くなって流れてくる犯罪者に、対応しきれないことが問題になっていました。

米国では、危険地域と安全地域が明瞭に分かれています。Taki さんが住んでいる street の公園で犯罪があった時も、"安全地域とされている所で犯罪があった" ということが "news" となっていました。

　私には犯罪者が危険なのであって、Taki さんに私の apart は安全と言われても最初はピンときませんでした。

　ですが、米国では地域の安全は労力とお金をかけて確保しているということが徐々に判ってきました。

　Apart にいつも遊びに来てくれた黒人青年の Duane に "日本では「ずるい」犯罪が多い" と言われて内心ムッとしたのですが、実際、統計的にも米国では凶悪犯罪が多く、日本では "ずるい"（詐欺や収賄など）犯罪が多いのです。

　昔、グレート東郷という日系 wrestler は、試合相手の目に塩を入れたりと、"ずるくて醜い日本人" を田吾作 style で演じていたとのことです。米国人 wrestler が最後には、"ずるいグレート東郷" をやっつけてスッキリさせるというシナリオです。

　一般に、米国人は日本人を "ずるい" と思っているのです。いや、実際に "ずるい" のでしょう。米国での言葉にもできないような不愉快な私の経験のいくつかは、冷静になって考えると "ずるい" ことをしていると勘違いされたと解釈すれば納得がいきます。

　留学後間も無くの頃、radio を聞き流していたら、20 世紀大事件

の第二位は"日本の真珠湾攻撃"と言っています。"えっ！"と思い、米国人もひつこいなと憤慨しながらも耳をそばだてました。

　米国では、真珠湾攻撃で亡くなった米国のハンサム（good looking）な青年達の映像が12月7日にTVで流れます。米国民は子供の時から年に一度は"ずるくて卑怯な日本"のことを再認識するのであります。

　これは、日本に対する憎しみを植え付けることが目的ではなく、"備えよ、常に"ということであると理解しました。留学期間中、何度も観に行った"STAR WARS Episode I"では非武装国家Nabooが最初に襲われます。

　さて20世紀大事件の第一位は何だったと思いますか？　それは"米国が長崎・広島に原爆を落としたこと"なのだそうです。私の英語力ではこれがどのようなアンケート（questionnaire）結果であったか判りませんでしたが、"この国：米国"のbalance感覚に救われる思いがすると同時に、"この国に来てみて良かった"と思ったのであります。

13 差別

　留学数年前のことです。放射線学会の頂点である北米放射線学会は毎年 Chicago で開催されますが、ちょっとした party に参加するために宿泊していた hotel から会場まで歩いて行くことにしました。

　夜間の独り歩きが危険なことは知っていたのですが、根が貧乏性であることと英語で運転手に行き先を告げるのがおっくうだったことで taxi を利用しませんでした。

　Hotel を出た時はまだ明るかったのですが、すぐに薄暗くなってしまいました。ふと気がつくと"通り"には、私以外、誰一人いません。そこに前から大柄で身なりのよくない黒人男性が歩いて来ます。Chicago の hotel で拳銃を突きつけられた元同僚の話が頭をよぎりました。

　私は凍りつくような恐怖を覚えました。米国では、日中は安全な office 街でも夜間は危険という場所もあります。どうやら私はそういう"通り"に入り込んでしまったようです。
　さて、前からやってきたプロレスラー（pro-wrestler）のような大柄な男性は何事もなく私の横を通りすぎて行きました。

　私の恐怖は杞憂に終わりましたが、たまたま運が良かっただけの

可能性大です。ところで、相手がスーツ（suit）を来た白人男性なら恐怖を感じなかったと思います。もっとも、暗くなってからは suit を着るような人は歩かない"通り"であったのに違いありません。私の心の中には"黒人は怖い"という"認識"があったのです。

さて、留学のために Durham に到着してから apart に引っ越すまでの一週間は、Ms. Taki のお宅に homestay させてもらっていたのですが、Taki さんの家には毎日のように Duane という黒人男性が遊びに来ていました。黒人は英語で black です。差別用語では negro です。

Taki さんは日本からやって来てからさんざん苦労したこともあり、"人種差別"も"性差別"も大嫌いです。あの黒人の Duane と言うと急に怒りだしました。Black という言葉も使ってはいけないと言うのです。しいて言うなら native African と言うとのことですが、"公"にはそもそも肌の色に言及すること自体が米国社会ではタブー（taboo）になっていました。

例えば、米国では TV・映画には一定の割合で黒人が登場することになっています。"本音"と"建前"があって建前の世界では"taboo"が大手を振って歩いているのです。

その後、近所の supermarket の Food Lion で買い物をしていた時の話です。床にピラミット（pyramid）状に高く積み上げた商品を

shopping cart で倒してしまいました。

　幸い周りに人はいません。こんな置き方をしている店が悪いのだから、その場をこのままにして立ち去ろうかと一瞬迷っていたその時です。かなり離れた前方から、元横綱の"曙"のような雰囲気の黒人男性客が私のほうにやって来ます。

　私は気が動転しました。どういうことになるのかとどぎまぎしていました。その黒人男性は私の所までやってくると、なんと床に撒き散らかされた商品を無言で積み直し始めました。私ももちろんいっしょに積み直しました。
　積み直し終わると彼は黙って去って行きました。その時、私は"Thank you"と言ったかどうかは思い出せないのですが、私の"差別意識"の一部が一瞬にして消えさった感覚は鮮烈な体験となりました。

14 ロッカー

図書館の三階から地下までが吹き抜けになっていた。高所恐怖症の私は写真を撮るのが少し怖かった。

艱難辛苦の始まりは、留学早々"desk"の発音が通じなかったこと、結局、必須 item の机が貰えなかったこと、親切な警告を無視して、すぐに満車になる病院から遠く離れた安い駐車場を契約したことでした。

早朝の conference に出て、午前中の読影（画像診断）に参加して、昼休みを利用して行われる講義が終わると"英語の嵐"の中で気が狂いそうになる私は、病院の cafeteria のまずい食事はゴメンして、apart に戻り淋しく食事を済ませました。午後からは捲土重来、医学

部図書館で夜遅くまで一人で勉強をする生活がお決まりとなりました。

　Duke University Medical Center は外来の South Building と入院の North Building、さらに多数の研究施設の建物（95棟程）から成り立っていました。

　図書館は North Building から渡り廊下でつながっており、"Seeley Mudd" という建物の中にありました。おそらくは Seeley Mudd という人が相当寄付をしたのでしょう。

　このように多くの建物には寄付者の名前が冠されていました。この建物の一階には高級 restaurant がありましたが、自腹では一度も利用しませんでした。

　図書館は、毎日深夜まで開いているのですが、日曜日の午前中だけは休みでした。日曜日の午前中は教会に行くというのが原則だからです。

　友人の Duane も日曜日はどこかの教会に行っているようでした。どこの教会に行っているとかは本人が言いださない限り、聞くことは taboo とのことでした。

　さて図書館では、自分の医学

図書館の階段に掛けられていた絵。天使の絵らしいがよく判らなかった。でもとても綺麗。

書と MacBook も使って勉強・仕事をするのでありますが、なんせ駐車場が遠く、重い荷物を運ぶのがたいへんでした。

　しばらくして、図書館の三階に個人用ダイアル（dial）式ロッカーを発見しました。それで親切そうな図書館受付の青年に、"Rocker を使わせてほしい" と頼みました。

　留学前から "R" の発音には自信があり、思い切り舌を巻いて "rocker" と発音しました。その青年は困惑の表情を浮かべるのみであります。しかたがないのでロッカーの "大きさ" や "用途" を説明して、なんとかロッカー使用の申し込み用紙を手に入れることができました。用紙を見てロッカーが "locker" であることに気づいた次第です。発音に自信があっても、"R" と "L" の聞き取りができないことが間違いの原因であります。

　留学中、笑顔が素敵で親切そうな青年にはたくさん出会いましたが、ちょっと怖いのが "ホモ：homo" の存在で、Duke 大学の中にも homo club があると聞かされていました。
　後日、大学近くの教会の庭で日曜の朝の礼拝に参加している図書館の青年の姿を偶然発見して、彼が正真正銘の親切な青年であることを確信しました。
　でも私はやっぱり、"homo" の可能性が絶対に無い親切な "お姉さん" のほうがずーっと大好きです。

15　黒人少年と新聞

　Duke Medical Center に通い始めて最初の一ケ月は、長年の夢の実現のようでもあり、長い悪夢の始まりのようでもありました。そんな7月の末の出来事でした。以下整形外科の井樋先生とのE-mailのやりとりです。

　私からの mail

> ……お金と言えば、先日、黒人少年が大学に行く費用をお願いしますと apart にやってきました。新聞の勧誘のようでもありました。状況がよく判りませんでしたが、自分が造影剤の治験（＊1）をしていた時の stress を思い出して、＄20渡しました。毎週日曜日に新聞が届くはずですが……？　元気になったり落ち込んだりの繰り返しです。落ち込むのは決まって lazy に過ごした後です……

　井樋先生からの返事

> ……Duke での生活、楽しそうですね。知らない人に＄20も渡すのは危険だと思います。America では＄20は大金です。その人が仲間を連れて戻ってこないといいですが。……

米国南部の黒人少年の英語が、私に判るわけもありませんが、mailの内容は原文のままであります。米国の生活に詳しい井樋先生からのmailでしたので、そうかもしれないと思い恐ろしくなりました。

　しかししばらくすると、毎朝、新聞が届くようになりました。今度はたくさんお金を請求されたらどうしようかと心配していたら、今は特別期間中だからweekdayは無料serviceとのことでした。

　私の心配は杞憂に終わりましたが、井樋先生のadviceが正解で、"私は運が良かっただけ"だと思います。

　新聞が毎日届くことにより、留学生活がone rank上がりました。聞き流していたTVのnewsの内容を新聞で確認できるようになりましたし、concertや映画とかの様々な情報が入ってくるようになりました。

　なんと言っても、役に立ったのはTVの番組欄でした。土曜日の朝と夜の二回、大好きなpro-wrestling中継をやっていることを発見したのであります。英語で、しかも電話で申し込むのがめんどくさくて、cable TVは契約していなかったので、pro-wrestlingをTV観戦することは諦めていただけに、とても嬉しかったです。

　たとえ視聴率が取れても、企業イメージが悪くなるからとsponsorが付かないために、日本ではpro-wrestlingは夜中に放送されていますが、なんと米国では、sponsorが"陸軍"やら"沿岸警備隊"だったりするのです。"所変われば品変わる"のビックリです。

　Pro-wrestlingが観られて嬉しいと親しい米国人に言うと、"あれはfake（八百長）だぜ"と必ず言われました。そこで"確かに、日

本の pro-wrestling も fake だけど、America の pro-wrestling は real fake だね " と言うと、また必ずのように " いやーな顔 " をしていました。日本人に米国の pro-wrestling を軽蔑されることは、とても不愉快なことなのです。

　" 所変われど、心の機微は一緒 " だなぁと実感した次第であります。

（＊1）治験とは認可されていない薬剤を患者さんに使用して効果や副作用を調べる仕事です。留学前に MRI 造影剤の治験を引き受けさせられました。新聞で騒がれた直後で、患者さんの同意を得ることが最も難しい時期でもありました。つい先日、その造影剤は " 日の目を見ないこと " が決定されました。

16　Americaから十年遅れている日本

　Apartに落ち着いて間も無い頃、TVをつけるとJohn. F. Kennedyの息子の操縦する自家用飛行機が遭難したというnewsが頻繁に流れ始めました。最初は何だか判らなかったのですが、毎日一日中放送しているので内容が何となく理解できるようになりました。従妹の結婚式に行くための飛行で、奥さんと奥さんの姉の三人が亡くなってしまったのです。1999年7月17日のことでした。

　私がビックリしたのは、ほぼ一週間ぶっ通しでこの事故のことを報道していることでした。米国人の故Kennedyに対する敬愛が我々日本人の想像を絶するものであることがよく判った出来事でした。"国民感情"の違いを肌で感じることができたのです。

　ちょうど、同じ7月に"Florida集団裁判"なるものでtobacco会社に15兆円の賠償金を求める判決が出ました。Radioのannouncerが、tobacco会社を狂ったように罵っていました。
　身を守るための"銃"は良いがtobaccoはダメという論理に、米国の集団ヒステリー（mass hysteria）を感じました。米国は時々"集団ヒステリー"になるのです。1919年から1933年の"禁酒法"で失敗しているのに、反省が無いのです。

ところで、米国に発つ時、成田空港で、機内で読むために日本語版 Playboy を買って行ったのですが、米国の apart まで持ち込んで隅から隅まで繰り返し読みました。ヌード（nude）が"和風"でないことを後悔していましたが、この Playboy には Kennedy 暗殺の特集があり、巨悪 tobacco 産業が関係している可能性が示唆されていました。

　どうやら米国人の tobacco への憎しみには、"巨悪 tobacco 産業"も関係しているようです。実際、巨悪であったようです。

　私が留学していた Duke 大学は紙巻き tobacco を作って大金持ちになった Jams Duke（1856〜1925）によって創設された大学です。Duke さんは慈善活動家ということになっていますし、巨悪とは無関係であったと思いたいです。

　"日本"の嫌煙、sexual harassment、barrier free、genderless、etc.……も America から十年程遅れて始まっていますが、"America 社会の病根"を理解せずに表面だけを真似ています。日本の似非文化人が"日本は米国から十年遅れている"と言ったりしますが、盲目に追従することのほうが間違っていると私は思います。

　秋田にも莫大な税金をかけたのにも関わらず、利用されることのない barrier free の地下歩道橋があります。America は太平洋戦争で勝利した後も戦争を続けているために、傷痍軍人がたくさんいて

barrier free はお国のために戦った人達への当然の義務だと受け入れられています。

　イラク（Iraq）へ派兵された自衛官は無事帰って来てもらいたいものですが、派兵しないで済めばそれに越したことはないでしょう。現在となっては、傷痍軍人が皆無に近い日本は、決して America に十年遅れているわけではないと思います。

　アルカイダ（al-Qaida）のオサマ・ビン・ラディン（Osama Bin Laden）氏は湾岸戦争時、タンクトップ（tank top）姿の米軍女兵士がサウジアラビア（Saudi Arabia）の地に足を踏み入れたことに激怒して、terrorist 活動を始めたと言います。

　Islam の"国民感情"を逆なでしてまで、genderless という愚かな米国の idealism を Arab の地で見せつける必要は無かったのです。

　米国の genderless の風潮に乗ってナース・キャップ（nurse cap）を廃止する日本の病院も多いようですが、私は悲しいです。もっとも cap free で"楽"になる気持ちはよく理解できます。ちなみに、福岡の保険金殺人を犯した元看護"師"ら四人は良心を棄てるにあたり、その象徴である nurse cap を全員で焼いたとのことです。

17　ビジネススクール (business school)

　帰国のために机の中を整理していたら、apart の前住人の S さんの手紙が出てきました。

　入居した時は、手紙に気づかなかったので驚きました。S さんというのは、Duke 大学の business school に留学していた人で、日本の某社から派遣されたとのことでした。Taki さんの紹介で、S さんの apart と家財道具一式と車とを私が引き継いだのです。

　S さんは、私と入れ違いで帰国したので一度も会ったことはありません。あまたある business school の中でも Duke 大学のそれは ranking 7 位（1999 年）とのことで、その business school（二年間）に留学している人達は超 elite です。Taki さんに紹介された他の business school の人達も、皆さん一流企業から十分な経費を貰って来ているので、経済的には優雅な生活をしていました。

　米国人に混じって、discussion が主体の少人数での group 学習は、本当にたいへんとのことでしたが、夏休みなどは三ヶ月半とたっぷりあって、なぜか必ず美人の奥様といっしょに、America 大陸横断の drive などを皆さんなさっており、とても羨ましく思いました。

　Business school の勉強はたいへんとはいえ、MBA（Master of Business Administration: 経営学修士）なるものをほぼ全員が修得で

きるのだそうです。Duke 大学の場合は、落ちこぼれを出さないことも group 学習の目標であるからです。 出世の切符である MBA を "Get" したら、派遣してくれた会社を辞める人も多いとのことです。自分を高く評価してもらうことも米国で学ぶからだと思われます。

　私が入居した時、残っていた留守番電話には S さんに対する recruit の伝言がそのまま残されていました。

　S さんに譲ってもらった車は黒の Nissan Stanza でした。この Stanza は、十年程、15 万キロは走っていたので日本では屑鉄扱いのような車でしたが、13 ヶ月の間の trouble は、battery が壊れたくらいでした。
　車のエンジンがかからなくなくなったのは幸運にも私の apart 敷地内に戻った時でした。車に強い Duane に電話をしたら、すぐに来てくれて、battery を取り換えて直してくれました。 記憶が定かではありませんが、私はこの Stanza を S さんから＄4000 ドル程で譲ってもらい、帰国する時は、＄2000 ドル程で Taki さんに買ってもらいました。

　"S さんは独身なのになぜに、調味料、食器がこんなに揃っているのか？" と Taki さんに聞いたところ、母上が来て揃えていったとのことでした。
　今回、お礼も兼ねて置き手紙にあった番号に電話を入れたところ、

この母上が電話に出られ、Sさんは外資系の会社に転職し、現在は大阪で元気にお勤めとのことでした。こんなわけで私は運といろいろな人に助けられてナントカカントカ米国で暮らしていました。

> Durhamの第一印象は如何でしょうか？
> もし何かありましたならば、以下の連絡先
> までお電話なりよろしくお願いします。
>
> （中略）
>
> Durhamでの生活が佐志先生にとって実
> り多きものであることを願っております。
>
> PS. 調味料、洗剤、米、食品はよろしかっ
> たらお使いください。車の左後タイヤの
> 近辺にマグネットケース（家のkey入り）
> があります。
> 　　　　　　　　　　99年5月　S

18 戦艦ノースキャロライナ（North Carolina）

　留学して二ヶ月が過ぎた8月の末、Takiさんに一泊二日の海辺への旅行に誘われました。

　目的地のKure BeachはNorth Carolinaの大西洋岸側の岬の先にあり、我々が住んでいた内陸のDurhamとは265km程離れていて、車で四時間ほどでした。米国で生活を始めるにあたり、私同様にTakiさんのお世話になった家族が数組いて、全員誘われたようでしたが、この呼びかけに応じたのは私だけでした。他の人達は自立して遊べるようになっていたからです。

　参加者はTakiさんとインテリ（intelligentsia）・プータロー黒人青年Duaneと私との三人だけでした。Duaneも乗り気がしないようで遅れてやって来て、目的地に着いたのは夕方でした。
　Hurricaneが近づいているというので宿泊客も少なく、Takiさんが値引き交渉をしてSea Knightsというinn（宿）に泊まることになりました。海水浴客や釣り客が泊まり、炊飯ができる小さなinnです。

　とにかくTakiさんの英語交渉力は凄いのですが、英語力というよりは我を通すというものでした。私は、せっかくの旅行なので美味しいものを食べたかったのですが、innでインスタントラーメン

(instant noodle)を作っての夕食となり、私も半分腐っていました。米国のインスタントラーメンは安いのですが、日本人にはとてもまずく、味覚自体が違うということを痛感しました。

参加者が少なかったためか、Takiさんは機嫌が悪く、海同様に荒れ模様でした。Takiさんがデザート（dessert）にリンゴを剥いてくれたのですが、私が "No need." と言うと、彼女が急に失礼だと怒りだしました。私は "No thank you." のほうが失礼だと思っていたので、困惑してしまいました。言語をnuanceまで理解することは難しいことですが、外国人がいつかは突き当たる壁だと思います。

翌日は、Duaneと二人で近くの港町Wilmingtonまで戦艦North Carolinaを観に行きました。第二次世界大戦の時に日本と戦った戦艦です。日本と違って戦勝国の米国は歴史的兵器を保存しているわけです。

＄9も払って日本を打ち負かした戦艦なんてくだらないと最初は思ったのですが、いざ見学してみると、その当時の米兵のありさまが生き生きと伝わって来ました。2000人以上を収容し、小さな町ほどの機能を持ち合わせる大戦艦ですが、生活空間はとても狭く、居心地は最低に思われました。下級兵の寝床はまさしく蚕棚（かいこ）でした。

日本に勝った米軍も、このような劣悪な環境に耐えていたのだと感慨深いものがありました。Duaneに " これを見たら、誰も戦争に

行きたがらないね " と言ったところ、" いや違う、これを見て戦争に行きたいと思う若者がいるんだ。男の世界ね " と言います。国のために自分を犠牲にすることを嫌だと考えている日本人が多いとすれば、日本の国を守るためとはいえ戦争までするようなことは至難の技かと思われます。

　複雑な心境で宿の Sea Knights に戻ると、岬全体が hurricane のために "Evacuation（避難）" になったということで強制退去させられました。この時の印象が強烈だったので、evacuation という単語は一発で覚えることができました。

19　泥と bathroom

　Blueberry 摘みの帰路、Taki 家に寄った時に、私は blueberry をバケツ（bucket）から backyard の泥土の上に撒き散らかしてしまいました。するとすかさず、Taki さんと娘さんのサッチャンが泥の付いた blueberry を集め始めました。

　"Blueberry はたくさんあるのだから、汚くなった blueberry はもう捨ててもいいのにな" と思いながらも私も元のバケツに戻しました。

　その時、小声で S 先生が "この連中（米国人）は泥を汚いと思っていない" と囁きました。なるほどと私も得心しました。

　米国に何度も来ている S 夫妻は、米国に強く憧れていながら、どこか米国人を軽蔑している所もありました。家の中を土足で暮らす彼らの感性は、我々とは違うのであります。

　Taki 家は原則土足禁止ですが、サッチャンの婚約者の David は靴を履いたまま家の中に入って来ます。

　Taki さんは PJ、David は Max という名前の犬を飼っていました。犬はもちろん裸足で家と外を出入りします。彼らは犬といっしょに生活しているので、犬との関係は日本人よりはるかに親密です。

感性が違うと言えば、学会会場で、米国人が高級な鞄をtoiletの少し濡れた床に平気で置くのに違和感を持っていました。
　米国人は泥もtoiletも日本人程は"不浄"だと思っていません。米国の家では、bathroomに便器と浴槽が並んでいます。

　私にとって、湯船はrelaxする最も大切な場所であったので、湯船の横に不浄の便器があるのはどうしても慣れることができませんでした。それで、入浴中は便器の蓋を閉め、その上に豪華で綺麗なcandle（＊1）を灯すことにしていました。

　余談ですが、米国映画では豊かな乳房を半分隠して美人女優が泡一杯の浴槽に入るシーン（scene）を見かけます。
　私も泡用石鹸が欲しくてmarketで何度か店員に尋ねてみましたが、実際に無いのか、英語が通じていないのか、手に入れることができませんでした。
　帰国後、秋田県五城目町のスーパーセンターアマノで米国製泡風呂用石鹸を見つけて唖然（@_@）。

　ところで、便所の戸は必ず閉めるように日本では教育されますが、米国ではbathroomのdoorは、使用後は必ず開けておきます。使用可能なことが判り合理的ではあります。
　また、公衆便所の仕切りは必ず下方が大きく空いています。おそらく犯罪を防ぐためでしょう。そして、複数ある便座の高さはそれ

ぞれ違っています。

　Duke 大学の gym で、便意を我慢できなくて慌てて便座に座ると、20cm も足がプラプラしています。間違って一番高い便座に座ってしまったのです。
　便意は急を告げていたのでそのまま用を足すことにしましたが、浮いた足は外から丸見えだったと思います。

(＊1) 米国では candle と greeting card（お祝いの card）は、至る所で売られています。日本よりはるかに頻繁に使用されるようです。

20 Hurricane Floyd

　9月になって North Carolina に Floyd という hurricane が向かって来ました。昔は hurricane の名前は女性に決まっていたようですが、Floyd は男性の名前です。

　この Floyd は最大級の hurricane なので一週間は停電、断水を覚悟しろとのことでした。Durham の電線は高い"木の電柱"で張られているのですが、すぐそばに大きな木がたくさんあり、日頃から短い停電や電圧低下は頻繁にありました。

　大きな hurricane が来たら、長期停電は当然のことのように思えます。"車の gasoline を満タンにすること、食料、水を確保すること、風呂には水をいっぱいに張ること、冷蔵庫は絶対に閉めたままにすること、一階では寝ない、窓際には寝ない……等々"の注意を受けました。冷蔵庫は一度開けると温度が上がるからで、一階や、窓際は木の枝が飛んでくるからだそうです。

　America は何でも大きく、落ちる枝も日本の小木程の大きさがあります。水洗 toilet のための水も必要です。Taki さんからは、電話で注意を受けましたし、TV・radio でも注意を促しています。

近くの Food Lion に行って驚いたのが、食料品と水がほとんど売り切れていたことです。仕方なく、売れ残っていた cookie と tomato juice をたくさん買いました。次に、ガソリンスタンド（gas station）に行ったのですが、どの station も売り切れで、rope がかけられて閉まっています。何軒かあたって、やっと開いている station を見つけました。

　America では gasoline は自分で入れるのですが、最初、給油 nozzle が注入口に上手く入りません。助けを求めて station のオジサンの所に行くと、それはディーザル（diesel）だと言います。gasoline 車に無理に石油を入れようとしていたわけです。危ないところでありました。

　停電になると card が使えなくなるとのことから、ATM で現金をあわてて下ろしました。ところが、Floyd は course をわずかに東にとって、停電も断水も無く、気抜けしました。たくさん買った tomato juice を飲むのは平気でしたが、cookie はあまりに甘くてどうしようもなく、友人の Duane にあげることにしました。

　三、四日してから card を無くしていることに気がつきました。真っ青になって銀行に card を止めてくれと電話すると、専用電話回線に電話して止めるのだと、停止用電話番号を教えてくれました。すぐにかけると、電話は自動応対になっています。正しく発音をしないと、

反応しません。何度もやっていると"ポンドを押せ"と言っているようです。なんのことやら判らず気が変になりそうでした(:~_~:)。

もう停止電話は諦めて、口座のある銀行に直接窮状を訴えに行きました。すると、親切な行員のオバサンは、cardから不正にお金が引き落とされていないことを確かめてくれた上で、新しいcardの発行の手続きをしてくれました。

ところで"ポンド"って何かと聞くと"知らない"との返事です。英語の聞き取りも喋りも下手なので真相は不明でした。

後ほど判明したのですが、どうやら"ポンド(pound)"はPush phoneの"#"のことらしいのです。

そんなこと判るわけないだろう☆(｀Д´メ)凸。

Wachovia銀行は聞いたことがなかったけれど、Americaでは大手の銀行なのだそうだ。Durhamの町はどこでもWachovia銀行だった。たいていは親切にしてくれたし、このcardはdebit cardになっていて、普通の大型店では現金同様に使用でき、お金も引き出せる。米国でのsignのcheckは日本より、何倍も厳格だった。隣のCitibankのcardは日本の郵便局で口座を作り、日本からの送金受け取りに使おうと思って持って行ったが、Wachovia銀行のATMでは上手く作動せずに、一度も使用できなかった。帰国後すぐに解約した。

21　Duane との一泊二日旅

　土曜日の午後から日曜日を利用し、Duane（日本好きの黒人青年）と、二人だけの旅行に初めて行きました。英語個人 lesson、運転手、旅行 guide 付きというわけです。私が住んでいた North Carolina は東西に長い州で、Interstate40（＊1）を西へ、西へ、五時間程 drive して、Appalachia 山脈に近い Asheville に行きました。宿泊する motel は、私が予約していたのですが、迷ってしまいました。私が電話で "15" と "50" の聞き取りを間違えたのが原因でした（＊2）。

　Asheville は情緒のある街で、美味しい日本食も食べることができました。米国の海苔巻きは全部裏巻きです。米国人は色が黒い海苔（seaweed）（＊3）に対して、不気味で不吉な印象を持っているらしいのです。

　日曜日の朝、hotel の front に無くしたと思っていた道路地図がそのまま置いてありビックリしました。何でも無くなる、治安が悪い米国ということになっていますが、所変われば状況も違うというのが多様性の国、America です。

　午前中は、Biltmore Estate という＄30で公開されている100年前の邸宅を見学しました。個人の邸宅としては米国最大ということで、部屋数250、"家" の中に大きな pipe organ、ボーリング場（bowling alley）、pool があり、地下には使用人達の部屋がありま

した。

　鉄道で財をなした大金持ちが贅沢の限りを尽くした邸宅でした。素晴らしいのですが、文化、歴史の無い米国の浅薄さを感じたというのが正直な感想でした。Indian が住んでいた未開の土地に、欧州

Biltmore Estate は田舎に立てた豪邸。お金がたくさんあればとりあえず、豪邸を建てる人が多い。天気も良いので記念写真。

からやって来た人間が文化などの背景も無く建てた邸宅だからです。

　その後は Chimney Rock Park という岩山に登りました。私は高所恐怖症ですが、道が木の柵で囲われているので安心でした。木の柵には温かみがあり、自然の美観を損なっていません。岩山の頂上では絶景を堪能することができるのですが、そこに星条旗がはためいているところが、いかにも米国でありました。

　ところで、この二日間は英語で喋り続けていました。留学して、

木の柵がないととても登れない岩山。

骨軟部画像診断の勉強・仕事をしていると言っても、そう英語で話し続けているわけではありませんし、会話の内容が、MRIやX線写真の読影についてですから、大した英語力も必要ではありません。

　大部分の米国人は私同様に喋り好きです。Duaneともいろいろな話を二日間、ずーっと喋り続けていました。その時は、英語で喋っている意識が消えていたのです。

　必要なことは自由に言えたし、Duaneの話も完全に理解できていると感じていました。Duaneは頭も良いし、日本人慣れしているので、私が理解できるように話をしてくれていたのだと思います。

　たわいもない話を続けていたのですが、運転をしているDuaneが突然"差別をされる黒人の気持ちが判るか？"と尋ねて来ました。私も日本人として米国社会の中では、差別を受けてはいましたが、

Duaneの重々しい口調にはただならない雰囲気が漂っていました。

　私は、"判らない。「判る」と言うのは簡単だが、「判らない」と言うべきなのだと思う"と答えました。Duaneは黙って、ただ頷きました。

　13ヶ月間のDuaneとの密な付き合いの中で、黒人差別の話をしたのはそれが最初で最後でした。

（＊1) Interstate40は太平洋岸のCaliforniaから大西洋岸のNorth Carolinaを結ぶ大陸横断州間高速道路です。

（＊2) "15"と"50"：15はfifteenで後ろにaccentがあり、50はfiftyで前にaccentがあります。英語で12,13〜19と20,30〜90とは日本人にとって混同しやすい単語です。

（＊3) Seaweedは海藻ですが、寡婦の喪服という意味もあります。

Duaneにポーズをとってもらって撮影。お世話になりました。

22　M*A*S*H

　9月に入ってからのことです。複数の人に、TV番組を観て英語を勉強するように勧められました。そこでいくつかのcomedy番組を観たのですが、何が可笑しいのか全く判りませんでした。

　その中で、番組が古いためか、storyが何となく判るし英語字幕（＊1）もついているM*A*S*Hなる番組を夢中になって観るようになりました。M*A*S*HはMobile Army Surgical Hospitalの略です。

　朝鮮戦争時に、前線近くの野戦病院で繰り広げられるcomedy dramaなのですが、必ず深い意味を含んでいました。土曜日以外毎日やっていて、放送時間も夜11時半～12時半と私にとって都合が良かったのです。

　M*A*S*Hは1972年から11年間にわたって、251回TV放送された番組ですが、根強いfanがいて再放送されていたのでした。最初に放送された時は週に一度の30分番組だったのですが、私が観ていた時は土曜日以外毎日2話ずつ放映していたので、週に12話も観ることができました。私がまだ高校生の時に、同名の映画を観に行き、love sceneに興奮したので印象深く覚えています。

出演者、内容は全く別で、TV番組は映画公開後に作成され、番組に込められているmessageが格段上でしたので、いつも感動して観ることができました。また長期間にわたって放送された番組なので、米国に於ける年間行事、文化、風習がほぼ網羅されているのも魅力でした。

　帰国するまでの九ヶ月、ほぼ欠かさず観たので、全251話のほぼ全てを観たようです。もちろん二度観た作品もたくさんあります。M*A*S*Hには立派なhomepageが今でもあり、それを見たり、M*A*S*Hの本を買って、予習、復習をしました。The complete book of M*A*S*HはDurhamの本屋さんで偶然見つけました。$35です。M*A*S*Hに関するたくさんの逸話と全放送のあらすじ、写真も多く掲載がされています。

　番組の録画もしました。

　不思議なことに、放送される順番がメチャメチャでした。主人公Hawkeye Pierceを演じ、多数の脚本も手がけたAlan AldaはJohn F. Kennedyなどの並み居る偉人達に混じって、伝記videoまで発売されていました。

　ところでM*A*S*Hには一時間特別番組や二週にわたる番組が何回かあったのですが、一晩で2話放映していたので、これらの番組も一回で観ることができました。ところが最終回の77%の高い視聴率を取ったとされている"Goodbye, Farewell and Amen"は二時間半

番組でした。いつも観る再放送は一時間なので、この最終回を観る願いが叶うはずもありませんでした。

けれどもある日、internetの掲示板で"私は「Goodbye, Farewell and Amen」のlaser discを持っている。これを売るつもりは無いが、観たい人がいれば実費でvideoにdubbingしてあげます"とあります。実費でと言われてもどうしたものかと迷ったのですが、20dollarsの小切手に自己紹介文を同封して封書で送りました。

その壮絶な最終回videoと"I hope you enjoy your stay in our country. John Matthews"というmailを貰いました（＊2）。この最終回videoは私の宝物です。

次項で、この最終回"Goodbye, Farewell and Amen"の内容を紹介したいと思います。

（＊1) Barrier freeの国、米国では難聴者向けの英語字幕（closed caption）が義務づけられているようでした。

（＊2) Matthewsさんの発音はM*A*S*Hs (@_@)。

23 Goodbye, Farewell and Amen

　M*A*S*H の夜 11 時半の放送に間に合うように、Medical Center の図書館から 11 時には帰宅する習慣ができました。M*A*S*H の放送が終わるのは深夜 0 時半で、途中で寝たことも何度かありましたが、必ず video に録っておきました。今でも段ボール箱の中にたくさんの video が入っています。

　私は九ヶ月間にわたって、毎晩欠かさず 2 話の M*A*S*H を観ていました。最初は英語の勉強のつもりでしたが、すぐに、M*A*S*H の大 fan になりました。

　"Goodbye, Farewell and Amen" は、二時間半の M*A*S*H 最終回の title です。最終回 video は、昔の laser disc から dubbing してもらったものですから、英語字幕が出ません。この video を手に入れた時は、英語も相当聞き取れるようになっていたつもりでしたが、実際は英語字幕が無いと、何を言っているか全然判りませんでした。自分の英語 listening 能力の現実を知りガッカリしてしまいました。

　この最終回は、朝鮮戦争の休戦間際から、休戦になって登場人物達がどのように帰国するかの物語です。驚いたことに、最終回の始まりは主人公の Hawkeye が精神病院に入院しているところから始まります。

番組に何度か登場した精神科医の Sidney が Hawkeye に語りかけています。なんと主人公の Hawkeye は気がふれているのです。そして hysteric に Sidney に受け答えをしています。

　ここで回想 scene に入ります。野戦病院の登場人物達は、ある日、海岸の resort に休暇で出かけて行きます。Volleyball をしたり、泳いだり、楽しい一日を過ごします。Hawkeye は"楽しかった"とのみ受け答えをしています。Sidney は、記憶を失って、気がふれている Hawkeye になんとか記憶を取り戻させようとしています。

　Hawkeye は少しずつ思い出していきます。夜になり、帰路の bus の中に米兵が乗って来て、"もうすぐ北朝鮮の patrol が来るから、静かに隠れろ"と命令します。Bus の中には地元の韓国人も乗っています。後ろの座席で、地元の女性に抱かれた鶏が鳴声をあげます。Hawkeye は厳しい口調で、"静かにさせろ"と言います。

　場面は、また精神病院での Sidney と Hawkeye との会話に戻ります。突如、Hawkeye は絶叫します。帰路の bus の中で、Hawkeye が"静かにさせろ"と言ったために、地元の女性は泣きやまない赤ん坊を窒息死させてしまうのです。
　北朝鮮兵に見つかれば、bus の中の米国医師、看護婦、地元の人達も皆殺しにされると思われる状況だったのです。

Hawkeye は、おちゃめでいたずら好き、でも本当は心優しい腕の立つ外科医という役柄です。自分の言葉で赤ん坊が母親から殺されてしまう光景を受け入れることができず、記憶を失い、気がふれていたのです。そして殺された赤ん坊を鶏に置き換えていたのです。

M*A*S*H は、朝鮮戦争野戦病院を舞台に繰り広げられる悲喜劇ですが、戦場の狂気をいつも扱っていました。最終回では、なんと主人公まで気がふれてしまいました。朝鮮戦争での米兵の死傷者数 14 万 2091 人とのことです。M*A*S*H はさらに悲惨だった Vietnam 戦争中に放送開始されました。

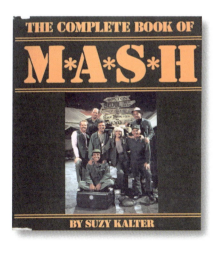

24 時差

　大人になるにつれて、月日は矢のように速く過ぎて行きます。それにもまして"あれもしたい、これもしたい"という欲深な気持ちでいる留学期間中は、何もできないままに残された時間がどんどんと減って行き、焦燥感のみが倍増して行きます。

　何人もの留学生の世話をしている Taki さんに言わせると、"何もできない日本人留学生も帰国する頃にやっと米国生活に慣れて、帰国の準備だけは上手にできるようになる"とのことでした。

　一方、留学期間の楽しい出来事はまるで幼い頃の想い出のように"長く、長く"思い出すことができます。留学当初の頃も"艱難辛苦"のためか、私自身は時の流れをゆっくりと感じていました。

　ところで、米国東海岸の North Carolina と日本ではマイナス（minus）14 時間の"時差"があります。夏時間は、朝が一時間早くなりますし、米国は広いので米国内でも時差があります。

　私は腕時計を二つ、米国に持って行っていました。一つは日本時間のままにし、一つは米国現地時間にして使っていました。これは国際電話をかける時に便利でした。日本時間の時計を見ては、"今は日本の何時だ"なんて感慨にふけっていました。

たいへんお世話になった E-mail は光の速さで日米を"時差無し"で往復します。図書館から夜遅く apart に帰宅し、友達に mail を出すと日本の翌日のお昼頃に着いているわけです。

　受け取った友人が夕方までに返事を書いてくれると、翌朝私が起きてその mail を読めるのです。日本の夜に書いてくれた mail は、Duke Medical Center を逃げ出して、いったん apart に帰った昼時に読むことができました。

　Mail を受け取った時は、嬉しくて嬉しくて、すぐに返事を書いていました。朝な夕なに mail を送っていた次第です。日本で受け取った人は America に行った佐志から一日に二度、mail が来たと思った人も多いようですが、実は、時差の関係で一晩は寝ていた可能性が大です。

　ちなみに留学中に受け取った 591 通の mail の最初は整形外科井樋先生からのもので、"お久しぶり。佐志隆士先生、お元気そうですね。こうして E-mail で話していると先生が放射線科の医局辺りにいるような気がします。
　Medical View からはまだ連絡がありません。今から手術がありますので、ザール（手術室）に行きます。こちらは 7 月 13 日火曜日、午前 11 時 30 分です。ではお元気で"とあります。

ちなみに受信最多は、現在秋田脳研放射線科におられる岡根久美子先生です。留学期間中は"大和魂"で仕事と勉強をするんだと決意していたためか、"淋しい"と思ったことはなかったのですが、潜在意識では"淋しい、淋しい"毎日であったのでしょう。というわけで、一生、岡根先生には足を向けて寝たくはありません。

　ところで"サヨナラParty"でchiefのHelms教授からいただいたDuke大学特製の時計はまだ米国東海岸時間のままにしてあります。Rosewoodに埋め込まれた高級置き時計であります。
　♪d（ ⌒□⌒ ）b♪感謝m（ _ ）m感謝。

25 State fair 州祭り

10月の末に、Takiさんに state fair に誘われました。いっしょに行ったのは私だけです。

State fair は、仮設遊園地と農作物・家畜の品評会がある秋祭りです。私以外の欲深な留学生達は、自立心旺盛です。謙虚で意気地無しの私だけが、最後の最後まで Taki さんに可愛がってもらえました。

"マジソン（Madison）郡の橋"は、夫と子供達が state fair に出かけている間の love affair だったのではないかと思われます。この小説の中に、育てた子牛が賞の ribbon を貰う話が出てきますが、確かに、カボチャからヤギまで、賞を取った作品には、pink や blue の ribbon がつけられています。

それから、たくさんの concert、花火もあります。トラの show も見ました。世界一小さな女とか、世界一大きな馬、頭が二つある蛇、足が六本ある牛とか、怪しげな見せ物小屋もあります。＄2の料金で、年齢、体重、身長を当てる大道芸人がいました。間違えると、大きなぬいぐるみが貰えます。

私は、上手いこと当てられて、しっかり＄2取られてしまいました。

ヒッチコック（Hitchcock）の番組も、何度か state fair を舞台に

していたことが判ります。

　観覧車とかメリーゴーランド（merry-go-round）とかあるのですが、楽しそうな遊園地はすぐに無くなってしまいます。

　State fair 会場は、North Carolina の州都の Raleigh にあります。Durham から車で 30 分程の所です。驚いたことに、広い会場敷地は年に十日程開かれる State fair のためだけに存在しています。おそらくこの時のみのために荷物を運ぶ線路まで引かれています。

　広人な土地がタダ同然の米国の田舎で暮らすと、日本の bubble 経済の意味がよく判ります。土地の値段を法外に高くして、見かけ上の資産を増やして、皆が金持ちになったのです。

　Taki さんは、特別 service の缶詰をいくつか買っていて、それを見せて＄6 の入場料の代わりにしています。入場券も売っているのですが、缶詰でも入場ができるシステムのようでした。異郷の地にあって、女手一つで二人の子供を立派に育て上げた Taki さんの人生哲学の一端です。

　Taki さんは、一年余にわたって彼女が考えるところの最高のもてなしを私にしてくれました。時々は迷惑だったのですが、意気地無しの私が、たくさんの米国文化触れ、大勢の人と交流することがで

きたのは Taki さんのおかげです。

　夜遅くなって、帰ることにしました。会場出口近くに、肖像写真を撮ってその場で plastic case に入れてくれる小さな写真館があり、留学記念になるだろうと思って私も作ってもらうことにしました。米国人のように歯を出して、cheese（eːイー）と笑顔を作ってみました。

　米国人の肖像写真の口元は、少し上がっています。悲しいかな、写真の中の私の口元は、少し下がっています。英語の発音が正しくできない日本人が、cheese と言いながら写真を撮るのは間違いです。

　ちなみに、Taki さんが日本人の写真を撮る時は"お金持ち"と言わせて、素敵な笑顔写真を撮ります。

26 Halloween

　毎年 10 月 31 日は Halloween です。米国では Christmas に次いで大切な年中行事ですが、休日ではありません。

　Taki さんの家のある通り（Club Blvd）（＊1）は、Durham の中でも Halloween の飾り付けで有名とのことです。

　大きなカボチャをくり抜いて作るお化けの顔（Jack-O'-Lantern）の中にロウソクが灯されて前庭（＊2）や玄関に置かれます。Club Blvd の全ての家が light up されます。

　各家庭でその年の theme（テーマ）を持って、趣向を凝らした decoration が作られ、家人は仮装もします（＊3）。この通りは、典型的な米国家庭の家並みと思われます。そして中流以上の家庭で白人でないのは Taki さんだけだったと思います。

　Halloween 用の仮装 goods も売られており、TV で宣伝されていました。この美しく light up された通りの各家々を覗きながら、次から次に訪問して行くわけです。この時、子供達は、"Trick or Treat!" と叫び、一般的にはたくさん用意したお菓子を、"Happy Halloween!" と言いながらくれることになっています。

Takiさんも大掃除をして、日頃は開かずの正面玄関からお客さんがこられるように準備をしていました。Takiさんは、私に"apple juiceを買って来てくれ"と言います。

　Wellspring（＊4）で一番高くて大きな瓶詰めを三本買って持って行くと、"こんなに高いのを買ってきて、一つでいいから、残りは返品して来なさい"と言われてしまいました。ちょっと大きな店には返品用のcounterすらあり、列をなしています。どうも返品は米国では当然のようでした。

　育ちが良くて上品な私には返品なんてできないので、全部自分で美味しくいただきました。

　Halloweenが終わり、11月1日になると冬時間になるので、一時間朝寝坊ができます。まあ、"得した気分"になったのは当日だけでした。

（＊1）Blvd: boulevardの略で、大通りを意味します。TV・radioで頻繁に使われるのに、日本では習いません。発音は何度挑戦しても、Duaneから駄目出しを貰いました。

（＊2）ちょうど、米国映画 "Home Alone" に出てくるような感じの家並みで、通りに面して前庭（front yard）があり、この正面の玄関が開けられて、

中に土足のまま入るわけです。当然、家の裏には大きな裏庭（backyard）があり、犬も土足で、自由に出たり入ったりしています。日本なら豪邸です。

(＊3) 1999年は、STAR WARS Episode I が公開されていたので、この映画の登場人物の仮装が目につきました。

(＊4) Wellspring は、新鮮自然高級食品の chain store で、1981年、ここ Durham に一号店が開店したそうです。現在は Whole Foods Market という名称に代わっているとのことです。

27 感謝祭

　10月の末にHalloweenが終わったかと思ったら、11月第四木曜日は感謝祭です。この木曜日から日曜日までは四連休で、日本のお盆のように家族が実家に集まる習慣があります（＊1）。

　感謝祭では、お客様のおもてなしをする習慣があります。我々のような淋しい外国人も招待してくれる家庭もあります。"良きAmerican"です。

　留学する前年は、感謝祭の時にTakiさんの家にhome stayをしていたおかげで、午後、夕方とご招待のはしごをすることができました。
　一軒目は、美容形成外科医（＊2）でお住まいがgolf courseの中にある大豪邸でした。なるほど美人のお嬢さん方も里帰りしていました。

　里帰りをしていない有名大学に行っている息子の写真も含めて、家族全員の写真が居間に置いてあるのはいかにもAmerica的でありました。

　Golf courseの中に家を持つのがstatus symbolなのだそうです。米国では収入の多寡によって居住区が決まります。そのほうがお互いに気楽なのです。

その後も経験したことですが、お宅に招待されると全ての部屋を見せてもらえます。Piano や audio の置かれた音楽部屋とか machine が揃った gym 部屋とか、驚きでありました。

　感謝祭には、特別のおもてなし料理として七面鳥の丸焼き、pumpkin pie 等の自慢の家庭料理を準備します。
　米国は土地が広いので、大豪邸も日本よりはるかにお安く手に入るのです。
　日本人が"ウサギ小屋に住む"という意味を実感できました。土地に関しては、逆立ちをしても米国に勝てません。全ての建物は土地の上に建てられるのですから、日本はこの点でたいへんな handicap を背負っています。
　Golf course から McDonald's まで、土地価格の分だけ米国のほうが豊かな生活ができるわけです。

　二軒目は、留学中も大切にしてくれた小児麻酔科医 Scott さんの家に招かれました。
　そこでは table を囲んでの夕食でしたが、Duke 大学の様々な学部の先生達が集まっていました。何やら大笑いをしていましたが、留学前でもあり、彼らの"英会話"は全く理解できませんでした。Taki さんの家に帰宅後、"日本の歯医者は、患者の頭を殴って気絶している間に歯を抜く"という話をして、笑っていたのだと教えられました (:~_~:)。

私も勇気を振り絞って、"Duke 大学 chapel（＊3）の pipe organ の音色が素晴らしかった" と英会話に参加してみました。
　ところが、皆さんなぜかシラーッとしています。
　招待客の教授の一人が、"一度も行ったことがない" と言ってその話題は終わりになりました。

　その後の留学中に、Taki さんから Scott さんはユダヤ人（Jew）であることを知らされました。彼らは全員、キリスト教の chapel には行くはずもない敬虔なユダヤ教徒だったのです（>_<）。

（＊1）感謝祭（Thanksgiving Day）：England から America 大陸にやって来た人達が原住民のインディアン（native American）に助けられたことに感謝して、収穫の季節にお礼をしたことに始まる、北米独自のお祭りです。

（＊2）美容形成外科医（cosmetic plastic surgeon）：南部の田舎町 Durham ではめずらしい。New York などの大都会では脂肪吸引術、豊胸術等、日本より手術が盛んとのこと。

（＊3）Chapel：Duke 大学 campus の中央にレンガ作りの素晴らしい chapel がありました。そこの pipe organ の素晴らしい音色は、私の全身を包み込み、鳥肌が立ちました。

28 Chicago に行く

11月末から五日間、毎年 Chicago で北米放射線学会が開催されます。全世界から6万人も参加する大きな学会です。

放射線科では CT、MRI 等の高額医療器械を扱うので、各装置 maker も気合いを入れて参加して学会も巨大化します。米国に来る前に日本から応募していた演題が合格していたので、私は堂々と Chicago に行けることになりました。

演題の採択率は三割程なので、Duke 大学の resident も簡単には行かせてもらえません。日本から Chicago へは何度も行った経験がありましたが、米国内で飛行機を使っての旅行は初めてでした。

Durham からの米国内の移動は高速道路か飛行機を使います。列車利用は聞いたことがありません。Duane によれば、飛行機が使えるのはお金持ちだけとのことでした。

　ところで、私が宿泊を予約していた Chicago の Blackstone Hotel が安全上の理由で閉鎖されたとのことで、Holiday Inn O'Hare を代わりに用意するとの連絡がありました (@_@)。ただこの hotel は O'Hare 空港近くにあって、学会会場からも downtown (*1) からも遠く離れており、あまりに不便なので cancel しました。

　それで、秋田の医局から来る泉先生が予約していた Holiday Inn Chicago に転がり込むことにしました。米国の hotel は部屋を貸しているという意識があり、人が転がり込むことには無頓着です。
　あらかじめ hotel に rollaway bed（キャスター付き折り畳みベッド）を用意してほしいと頼んでおいて事なきを得ました。この頃には軟弱な私も tough になり、電話や E-mail で cancel や変更ができるようになっていました。

　ところで、学会発表の slide 作成を Duke 大学の photo center に頼んでいたのですが、"できていない" と秘書の Mirjana（ミリヤナ）(*2) に言われてしまいました (>_<)。

　米国の personal computer は zip なる保存媒体を使っているのに、

私が日本式の MO（光磁気 disc）で提出したためでした。

　すったもんだの末、学会出発直前に発表 slide がなんとか完成して、薄氷を踏む思いでした。

　Chicago では日本からの参加者との再会が楽しみでした。日本を離れて、まだ半年しか経っていないのにとても嬉しいのです。米国に来てからは黙想状態が続いていたからです。

　泉先生は、頼んでいた CD（＊3）、いかがわしい本や video だけでなく、他の差し入れも運んで来てくれました。おそらく差し入れをくれた人達の想像をはるかに超えて、私は感謝をしていました。

(＊1) Downtown: 繁華街、町の中心

(＊2) 気さくで親切な秘書さんでした。私宛の手紙、小包は彼女の所に届くので、一日一回は必ず顔を出していました。

(＊3) 差し入れに頼んだものにキャンディーズの春一番の CD（お友達の平安名先生編集、大谷先生製作）があります。長い浪人生活の末にやっと合格して秋田に来た時に、「雪が解けて川になって流れていきます。もうすぐ春ですね……」という歌詞が、本当は雪国でしか判らない気持ちであることを痛感しました。それで、春一番は私にとって大切な曲だったのです。(JASRAC　出　1603232-601)

29　ラジオ (radio)

　私が留学していた North Carolina の Durham は、米国南部の黒人の町でありました。

　南部訛りの強い土地柄で英語の聞き取りは難しいとされていましたが、私はさして気にならなかったです。猛烈なスピードで話す TV announcer の英語も、地元黒人の英語も理解できないことに変わりなかったからです。

　買い物とか、一対一の日常会話は、留学当初からかろうじて可能でした。画像診断の英語にも困りませんでした。画像写真は理解できたからです。

　ただし、講義（＊1）ではよく寝てしまいました。

　問題は、米国人の中に入っての会話です。これは地獄でした。早朝の conference に出席して、昼の講義を聴き終わる頃には apart に帰りたくなり、実際、帰宅して食事をしてから、午後は図書館に籠もって夜遅くまで一人で勉強をしていました。

　月に一度、staff meeting がありましたが、これも辛いものでした。最初に交代で、骨軟部画像診断に関する論文の紹介をします。これは、事前に論文の copy が配られるので準備もできました。

仕事や研究の話になると、いつの間にか basketball の試合やどこかの restaurant の話になり、チンプンカンプンで、飛び交う英語から逃げ出したくなりました。Native の笑い声が私を孤独にしたのです。

　それでも英語をなんとか聞き取れるようになりたくて、apart にいても車の中でも、必ず radio を聞き流していました。

　そんな頃、お昼の帰路の時間帯に、"Dr. Joy Browne" という身の上相談放送を毎日やっていました。

　最初は "Dr. Joy Browne" という題名だけしか聞き取れなかったのですが、そのうちに徐々に内容が聞き取れるようになってきました。実にくだらない相談をしています。

　相談者：私の彼女のあそこ大きい。
　Dr. Joy：彼女のあそこが大きいのではなくて、お前のなにが小さいコ。

　歯に衣着せぬ answer で、面白い女性でした。
　他にも、彼女の兄貴がホモで困るとか、身の下相談ばかりでした。

　さらに SONY の FM/AM WALKMAN なるものを買って、図書館に籠もっている時も radio を聴くようにしたのです。特に Sunny 93.9 という soft rock の FM 局を気に入って、いつも聞き流してい

ました。

　大好きな Eagles（＊2）がよくかかっていました。"Less talk, Continuous music"（話少なめ、音楽を続けて流す）でしたから、BGM に都合が良かったわけです。

　しかし、毎日聴いていても、誰の曲なのか、何という曲なのかは全く判りませんでした（:~_~:）。

　帰国してから、驚いたことに internet で Sunny 93.9 が聴けることを知り、つい最近まで聴くことができていました（＊3）。帰国後に聴いていて判ったのですが、実は、放送中は曲名も歌手の名前も言っていなかったのです☆（｀Д´メ）凸。いくら聴いても判らないはずでした。

　その当時、毎日流れていた曲で、"ハルワー、ハルワー……" と歌う曲がありましたが、なんで英語の歌で "春ワー" と歌うのかと気になってしかたありませんでした。

　そして最近、LeAnn Rimes の "How Do I live ⇒ ハルワー , live" という曲であることがやっと判り、スッキリはしましたが、私の英語耳は情けない限りです。

　それでも帰国直前には、英国 BBC と米国放送とは全く別の音として聞こえるようになっており、とても嬉しかったです。

　残念ながら、今は元に戻ってしまいましたが……（>_<）。

(＊1) Resident、fellow のための講義が毎日お昼にありました。なんと、彼らが lunch を食べている最中に stuff が講義するのでした（時間の節約!）。

(＊2) Eagles の Hotel California の歌詞を辞書で引いて調べましたが、意味不明でした。Fellow の Paul に相談したら、"Drug（LSD）の世界だからだよ" と教えられました。
甘美で幻想的な Hotel California。しかし "You can never leave"。なるほど、歌詞にも、合点、合点。

(＊3) Dr. Joy Browne も Sunny 93.9 も internet で検索するとすぐに homepage にたどりつきます。

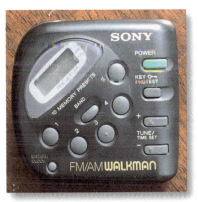

FM/AM WALKMAN。医学部図書館で earphone を使ってずーっと聞いていた。半分以上は英語に慣れることが目的。

30 FloridaのOrlandoに行ったChristmas (1)

　America南部の田舎町Durhamは何も無いところで、老人夫婦がのんびり暮らすのには良い所だと聞いていました。

　Golf courseだけはたくさんあったのですが、私はgolfをやったこともなかったし、興味もありませんでした。
　勉強するために留学したのだから、何も無くても別に不満はなかったです。
　何も無くても、毎日が冒険でしたしね。

　Christmasが近づくと、家々や、たくさんある教会、病院でも、飾り付けが始まります。映画"Home Alone"の雰囲気が町に漂って、"やっぱAmericaや"と感動したものです。

　Durhamは冬でもあまり寒くありません。それにapartは全ての部屋に暖房が入っています。それでも、私のapartには暖炉があって、外には煙突が出ています。Apartと言っても、日本のpensionという感じです。

　Apartは、森の中に散在していますが、稀に煙突から煙が上がっている家もあります。

煙突は"家"のsymbolであり、Santa ClausがやってくるChristmasに必要なアイテムなのでしょう。Takiさんから、"Christmasには、Durhamに残っていてはいけない"というadviceを受けました。
　Christmasはどの家も家族で旅行をしたりするので、留学生はたいへん淋しい思いをするのだそうです。

SeaWorldで買った白熊のぬいぐるみ、apartでパチリ。

　そんな時、私のapartに遊びにくるようになっていた矢田先生も、同様のadviceを受けたそうで、二人でChristmasに旅行に行くことにしました。

　その後、矢田先生がお勤めのlab（ラボ・研究室）の中国人のションさんに声をかけ、ション一家（奥さんと息子）もいっしょにFloridaのOrlandoに行くことになりました。

矢田先生からの mail です。

> 佐志先生
> Hospital の photo center へ行けばすぐに話がつくと思います。Orlando の件は、本日 DisneyWorld 近くの motel（Quality Inn）を 24 日〜27 日で二部屋予約（＄45 ／人／日）し、rental car も＄300 ／五日間で予約しました（＄100 ／人）（＊1）。従って、交通費と宿泊費に関しては＄280 ／人ほどで済むかと思います。
> 先生のご要望などありましたら何なりとご連絡ください。こちらからも進展等ありましたらまた連絡いたします。
>
> 矢田 豊

12 月 24 日、SeaWorld、25 日、Disney World、26 日、Universal Studios、27 日、Durham 帰着などどうかと言っていました。入場料や交通費、宿泊費を含んで＄500 ／人くらいで行けるだろうとも言っていました。

たこ部屋勤務の人達ですから、年に一度の大切な vacation に対する準備・計画にはとても気合いが入っていました。お金の計算も緻密でした。

Lab の安い給料で、家族を養うのはたいへんなことなのでしょう。

中国人研究者のションには、私の apart に夕食に来てもらい、顔合わせもしました(＊2)。矢田先生が lab の boss に、普通に「オーランド」に行きますと言ったら、その発音を心からバカにしたように注意されたそうです。

　"Orlando" は前に accent があって、"オランドゥー" と発音します。矢田先生はその boss から、たまに発音のことで蔑まれたそうですが、耐えられないほどの屈辱であったそうです。

矢田先生とショー一家の SeaWorld での写真

(＊1) Taurus という Ford のカッコいい車でした。

(＊2) 最初に作ったカレーライス (curry and rice) が好評で、次々料理を作り始めました。矢田先生はカツ丼が大好物というので作ってあげたら、いたく感動してくれました。毎週、二回も食事に来てくれて、私も人恋しくてしょうがない時だったので、矢田先生の訪問に救われていました。

31 FloridaのOrlandoに行ったChristmas (2)

　12月23日の夜、矢田先生のCrazy labの仕事が終わった後に、ション一家も交えた五人でFloridaのOrlandoに向かいました。ちなみにCrazy labとはBossのDr. Don一人がアメリカ人でそれ以外の研究者は全て中国人、韓国人、日本人だけ、土日、祝日無し、労働条件が非常に悪いブラック研究室です。欧米人には勤まらないのですが、業績は素晴らしいものがあります。

　North CarolinaのDurhamからOrlandoまでは996kmで高速道路に乗って九時間程です。

　運転が下手な私は、徹夜でnavigator役をしました（＊1）。

　翌朝、目的のmotel（Quality Inn）に着きました。

　Frontの横になにやら受付があって二人の若い女性が笑顔をふりまいており、そこでDisney Worldのticketを買うと格安になると案内してくれました。我々は、迷わずticketを買いました。

　ションの奥さんが持参してくれた手料理で朝食を済ませた後、我々は昼まで爆睡しました。

　午後から、SeaWorldに行きました（＊2）。

　アザラシやシャチのshowが圧巻で、Americaは凄いとまた実感しました。また、日本と違って行列など全く無く、午後だけでも

− 105 −

十二分に大満足だったのです。

　ション一家は夕食にBurger Kingに行くと言います。

　矢田先生と私はseafoodの店を探しましたが、疲れ切っていたので探しきれず、結局、食べたのはBurger Kingよりまずい中華でした。

　翌朝、貰った地図を頼りに、前日に料金を支払っていたDisney Worldのticketを貰う集合場所に行くと、microbusに乗せられて、間違っているとしか思えない場所に連れて行かれてしまいました。すでに大勢の人が待たされています。そのうち、まったくDisneyとは関係ないと思われるmagic showが始まりました。

　ここで初めて私は、拉致されたと気づいたのです。

　ションの奥さんと息子のジジは、無邪気に食べ放題（buffet）を喜んでいます。さらに待たされたあげくに、我々は一室に通されてインド系（Indian）America人と思われる人物の勧誘話を聞くはめになりました。

　こともあろうに、我々にOrlandoの別荘を売りつけようという悪徳不動産屋だったのです。逃げ出すに逃げ出せない。集団催眠のような手口を使っていましたが、我々は買えるわけもないので、ただひたすら解放してもらえることを祈るしかありませんでした。

　その人物も、我々がどう見ても勧誘の対象にならないことに気がついたようでしたが、彼は彼で監視されておりmanual通りの勧誘をしないと許されないとのことでした。期せずして詐欺師と英会話の練習をすることになってしまいました。

そしてsand buggy車に無理やり乗せられて浜辺の別荘を見学した後に、やっとDisney Worldのticketを渡され、ようやく朝に集合した場所で解放されました。

　我々が予定のEPCOT(＊3)に着いた時は、昼頃になっていました。

「写真を撮ってください」と英語で頼むのも少し勇気がいる。

　万博のように各国pavilionがあったので勇んで日本館に行き、"天ぷらうどん"を食べましたがまずかったです。日本人女性が、大きな太鼓を叩くattractionもやっていました。

　America人が期待するような"日本"ではありましたが、それなりに楽しかったです。

　ただ、EPCOTの売りものは各国文化と未来都市でしたが、面白くもなんともないものでした。どのpavilionもガラガラで、夕方までにほとんど観終えてしまいました。

　不動産屋にだまされて、「甘い言葉には気をつけろ」という反省が

残った二日目の motel front 横には、例の女性二人組はいませんでした。
　一回だましたら他の motel に行くのだろうと思っていたら、翌々日にはまた満面の笑みを浮かべながら二人揃って次のカモを勧誘していました。

　後日、Taki さんから、よくある話だと平然と言われました。
　命があったことと、一日つぶされた日の schedule がつまらない EPCOT に行くことだったのは、不幸中の幸いでした。

（＊1）途中 South Carolina の高速の drive-in で、私だけ toilet に行きましたが、そこがあまりに荒れ果てていて恐ろしくなり、早々に車に戻りました。後日、"Mary" という映画 DVD を見ていたら、South Carolina の drive-in で、主人公が homo 集団から襲われる場面がありぞっとしました。

（＊2）SeaWorld は Disney World とは別会社の、海を theme（テーマ）にした amusement park です。
米国は何もかもが桁違いで、Orlando だけで theme park が 20 以上もあると言います。

（＊3）EPCOT：Experimental Prototype Community of Tomorrow の略。Disney World の一つではありますが、16 ヵ国を代表する World Showcase と未来を theme にした Future World からできています。
娯楽というより、学習館という雰囲気が強いように思えました。
Millennium（千年）記念の parade だけは、Disney らしく sense の良さに感動できました。

32 Florida の Orlando に行った Christmas (3)

　Orlando の三日目は Magic Kingdom に行きました。開門前に着いたのですが、車を止めた場所から小さな乗り物で入場口まで移動する程の大きな駐車場でしたから、入場口に着いた頃は開門していました。

　その時は興奮していたためか、車を停めた場所をよく覚えておらず、帰りに車を探すのにたいへん苦労しました。

　Lion King の show を見たり、本家 Mickey と記念撮影をしたりと、子供向けの attraction を次から次に、根性で見て回りました。"留学生は貪欲"ということですがその典型で、tough guy の矢田先生もさすがに夕方には疲れ切っていました。

　二人でボーッと bench で休んでいると、二人の若い女性から"私達はもう帰るから"と、Space Mountain の予約整理券を貰いました。それは最終時間の予約整理券でした。どの attraction も長い待ち時間は無

矢田先生

いのですが、Space Mountain だけは、整理券が無いと入れない程の人気でした。

　ありがたく館に入ると、Space Mountain は闇の中を駆けめぐる屋内型 roller coaster で、星空の宇宙の中にいるような気にさせられました。

　Thrilling で美しく、人気があるのも当然だと納得、大いに興奮しました。

　整理券をくれたお二人の笑顔も素敵でしたし、Space Mountain に乗れたことも超 lucky で、良い想い出となりました。

　Space Mountain から外に出ると、辺りはすっかり暗くなっていました。

　そこで突然、火の付いた矢が Cinderella 城に向かって飛んで行き、花火 show が始まりました。幻想的な世界に矢田先生と大感激です。前日は不動産屋にだまされて時間を無駄にした感が強かったのですが、もうすっかり幸せな気持ちになれました。Christmas にわざわざ Florida に来たことの元が取れたと思いました。

　Magic Kingdom で、中年オジサンが二人いっしょに 12 時間も遊ぶなんて、留学中でないと考えられない狂気の世界です。

　ところで日中、Splash Mountain という水しぶきを浴びる roller coaster に乗るために列に並んでいる時、America の若者から "お前は我々家族を抜かして、先に進んでいる" と喧嘩腰で言い寄られました。

なるほど、矢田先生はいつの間にか私の 3meter 程、後ろのほうに並んで立っています。私は無意識に、列の前のほうに進んでいたのでしょう。
　"私にはそんな意図は全く無いから、どうぞお先に" と言ったら、不満気な顔をしながらも事なきを得ました。

　多くの America 人は日本人のことを "Sneaky" だと思っています。"Sneaky" は "こそこそずるい、卑怯" という意味です。"真珠湾攻撃" は、米国人にとって "日本人が sneaky である" ことの symbol となっています。
　この若者は、sneaky な日本人の私に愛国心を持って警告したと思われました。友人の Duane からも "日本の犯罪は sneaky なのが多いね" と言われてムッとして、"絶対犯罪数が少ないし凶悪犯罪も少ないから、相対的に詐欺じみた犯罪が多く思えるだけだ" とムキに

なって反論したこともありました。

留学中に不愉快な思いをしたことの大半は、sneakyがらみのことであったような気がします。

実際、日本人は米国人に比べればsneakyなのでしょう。

多国籍軍30ヵ国あまりが参戦した湾岸戦争の時は、1兆円を超える援助をしながらも人的援助をしなかった日本は、Kuwaitからの感謝決議の対象にも入らず、国際的屈辱を受けたとされています。

日本人はそもそもsneakyなのだから、国連理事国入りする資格も無いし必要も無い、ということでいいと私は思います。また、戦争にも行かないほうが賢明であると信じています。

本物のMickeyと矢田先生といっしょに記念撮影。本家Mickeyの家はたいへん人気で混んでいたので待たされたが、良い想い出写真を撮ってもらえた。

33　FloridaのOrlandoに行ったChristmas (4)

　FloridaのOrlandoには、Universal Studiosのtheme parkが二つありましたが、最終日はション一家の息子ジジの強い希望で、Islands of Adventureに行くことになりました。

　聞くところによるとジジの小学校ではIslands of Adventureのほうが人気なのだそうで、開門とともに入園しました。

　Magic KingdomのSpace Mountainと花火showとで、大満足していた私は"もうお腹いっぱい。早く帰りたい"というのが正直な気持ちでした。

　それに天気は曇り空で、Floridaとしては例年になく肌寒く、水しぶきを浴びるいくつかの乗り物では寒さが応えました。慣れている現地の人は、雨合羽を持参していました。

　売りもののJurassic（ジュラシック）Parkは実につまらないものでした。

　Islands of Adventureでは、様々な種類のroller coasterに乗りました。

　私は成人してからは、地位と財産と名声のためか高所恐怖症になっていましたが、貪欲な矢田先生から"先生、乗りましょうヨ！"と誘われて、パンチドランカー（chronic boxer's encephalopathy）のように次から次とroller coasterに乗ることになりました。

起立した状態で回転するもの、ぶら下がった状態で回転するもの、垂直に飛び出すもの、ありとあらゆる roller coaster に乗ったのです。

　感覚が麻痺したのか、恐怖感は覚えませんでしたが、面白くもありませんでした。

　ただ、Spider-Man の attraction は室内型の show で、ずいぶんと待たされることになってしまいましたが、これが意外というか、興奮してとても楽しかったのです。

　当初は夜八時の閉園まで遊ぶつもりでいましたが、夕方ション一家と合流したら、Durham に帰ろうということになりました。遊ぶのにも限度と言うものがあるのでしょう。皆疲れていたのです。

　全員で Burger King で軽い夕食を取り、車に乗り込みました。Orlando の市街は交通量も多くたいへんそうだったので、運動神経が良い矢田先生が運転をしてくれました。

　Interstate System（州間高

最初に乗った roller coaster。どきどきしたが徐々に慣れてきた。隣の矢田先生は最高点でバンザイをする。写真を撮った時は晴れて来ている。

– 115 –

速道路）に乗ってから、運転はションに変わり、私が navigator 役になりました。

　ションとの会話は当然英語でしたが、外国語で話しているという意識はありませんでした。次第に打ち解けてきて、日中友好に貢献できたと思います。

　ションと運転を交代した途端に矢田先生は爆睡しています。まるで雑巾のようでした。Tough guy 矢田先生も疲労の極地に達していたのでしょう。留学生特有の貪欲さだけで遊んでいたのに違いありません。

　Orlando から Durham までの帰路は早くても九時間はかかる予定です。ションは、私よりは運転が上手く、矢田先生よりは下手でした。

　私はションが眠らないようにと話しかけ続けていましたが、だんだん反応が悪くなって来ていました。

　ふと、我々が乗った車が、light を点けて右側（＊1）に停止している truck のほうへ吸い寄せられて行きます。"ション！　ション！" 私が大声で叫ぶと、ションが正気に戻りました。ションは "I'm OK." と言っています。

　車は brake を踏まない限り、定速で走行する仕組みになっているのです。我々五人が乗っている Taurus が、再度停車中の truck に吸い寄せられて行ったので、私がションと運転を交代することにしました。正直、"死にたくない" と思ったからです。運転を代わると、私以外の全員が爆睡状態になりました。

　夜が白んでくる頃、Durham に戻ることができましたが、実は私

の意識も朦朧としていました。24時間一睡もしていなかったのです。

　矢田先生、ション一家を送り届けてから、命からがら帰宅して、つくづく嬉しかったです。米国のapartではありましたが、ここが我が家だと痛感しました。私は、生きていることに感謝して入浴し、すぐに爆睡しました。

　私が眠っている間、矢田先生とションはDonのCrazy labに出勤して実験をしていたそうです。狂気の沙汰です。

　狂気のChristmas holidaysではありましたが、矢田先生、ション一家には感謝の気持ちでいっぱいです。

(＊1) 米国の車は、右側通行、steeringは左。

34　Mac、Bou-nen-kai、大晦日

　Mac PowerBook G3を抱えて駐車場と図書館を往復するのはたいへんなので、思い切ってもう一台 PowerBook G3 を Duke 大学の売店で購入しました。

Duke 大学売店で購入した Mac、イルカのシール(seal)が貼ってある。当時の E-mail や日記も読める。Keyboard が壊れた時は、売店に相談したらすぐに購買記録を調べてくれて、紹介された修理部門ではとても親切に直してくれた。南部田舎町の人はみんなとても親切だった。

　Apart に今の一台を置いて、もう一台は Duke 大学図書館の locker に置けばよいと考えたのです。
　日本語 System OS 8.5 を日本から持って来ていたのでそれを install すれば良いと安易に考えていました。

しかし新しいMacは日本語OSを受け付けませんでした。

Internetで調べてみますと、"マック診療室"（＊1）というpageを見つけました。

どうも、私のような人の相談に乗ってくれるpageのようです。質問mailを出したらすぐに返事が来ました。

"……基本的には、そのMacを購入した時にインストールされていたOSのバージョンよりも古い日本語OSはインストールできません。従って、解決策は日本語Mac OS 9を入手しインストールすることです"。

質問は有料とされていましたが、お金は請求されませんでした。世の中には奇特な人もいるものです。

さて、日本語System OS 9.0ですが、U.S. Frontline（＊2）という日本製品を売る通販を見つけて、無事＄209で購入することができました。

日本で購入するより高くても、背に腹はかえられません。日本から持って来たfile、applicationの移行もほぼまる一日費やして無事完了しました。

日本から買って来たものと言えば、デジカメがありました。リコーRDC-5000というデジカメで、渡米直前に購入したものです。接写に強く、230万画素で当時としては高級機種でした。

撮影写真をPowerBook G3に保存できることも日本で確認していました。

けれどもこちらに来てから、半分ノイローゼ（neurosis）で余裕が

日本から持って行ったMacとデジカメ(digital camera)。Duke Medical Centerのsealが貼られている。双方とも使っていないが壊れていない。想い出があってとても捨てられない。

無かったためか、デジカメは全く使っていませんでした。

そんな中、執筆していた教科書"肩関節のMRI"のために、Duke大学症例MRI写真をデジカメで撮影する必要が出てきたのです。

まずは撮影練習を開始したのですが、PowerBook G3が撮影dataの入ったfloppy disc-adapterを受け付けないのです。

困り果てて、リコーのお客様相談室にmailを出したら返事がすぐに来ました。

"……一部のPowerBook G3シリーズでは、拡張ベイが左右に二つあるモデルがあります。このmodelでは、右側拡張bayにfloppy disc driveが装着されたもののみ動作します"。

いつの間にか、左右が逆になって左側にdriveを装着していたためにadapterが受け付けられなかったようです。

日本にいてもpersonal computer関係のtroubleはたいへんですが、お助けマンがたいてい見つかります。しかし留学中は孤立無援で真っ青です。薄氷をわたる留学生活でありました。

12月に入り、米国に来てから半年が経ち、Duke University Medical Centerの読影室での疎外感も少し薄らいで来ていました。

みんながRyujiと呼びかけてくれます（＊3）。逆に言えば、ろくに英語も喋れない背の低い東洋人が職場にうろうろしているのは、さぞや目障りだったかと思います。

　私も針のムシロの半年間でした。12月の末と言えば、日本では忘年会seasonですが、日本通のDuaneが友人を集めて、Thailand（タイ）料理の店でBou-nen-kaiを開いてくれました。参加費はおみやげつきで＄20でした。

　大晦日は、小児麻酔科医のScottが新年countdown partyに招待してくれました。ポットラック・パーティ（＊4）で、私はだし巻き玉子をたくさん焼いて参加しました。

Scott一家はユダヤ人なので、Christmas partyはやらない。
暖炉の上の時計の針は12時4分。晴れて2000年だ。
西暦2000年問題も無く、淋しくも無く、新年を迎えることができた。

Scott先生の家は森の中にありましたが、森の入口に銀色の風船が上がっていて、それが目印でした。今も目に焼き付いています。

(＊1) "マック診療室"は今でもinternet上で見ることができます。なぜか2003年以降は更新されていません。

(＊2) 現在は、U.S. Frontlineの中に富士山.コムがあり、通販で日本商品がAmerica、Canadaでも購入できます。

(＊3) Ryujiは欧米人には理解しにくいようです。

(＊4) ポットラック・パーティ (potluck party)：ありあわせの料理(実際には手作りの自慢料理だったりします)を参加者が持ち寄って行うpartyです。

35 America 南部に大雪が降る

　Scott 家の大晦日 count down party を経て晴れて 2000 年となりました。時差の関係で 13 時間、日本より遅れています。

　西暦 2000 年問題では、流言飛語もありましたが、たいしたことは何も無かったようでした。

　お正月なのでお雑煮を作ることにしました。私の両親は長崎の出身で、我が家に独特のお雑煮があります。

　このお雑煮は佐志家の人間である私の identity ともなっています。

　調理法としては、まず母が送ってくれた干しアゴ（飛び魚）で出汁をとります。

　この出汁に白菜と焼いた丸餅を入れるのが佐志家風です。本当は、花がつおと柚子があれば良いのですが、ここは America、しかたがありません。

　それから、大量におでんも作りました。矢田先生、Taki さんと Duane、Taki さんの娘さんのサッちゃん（＊1）と婚約者の David、Minako 先生（＊2）と"連れの America 人"を連日 dinner に招待しました。

　さて、1 月 1 日は祝日（土曜日）でしたが、1 月 3 日の月曜日からは普通に病院の仕事が始まりました。日本のようにお正月気分というのは無いようです。

America は、Christmas 休暇が終わったら通常勤務体制なのです。

　次の土曜日には、台湾出身の John が Bar-B-Q 店（Mexican）（＊3) に招待してくれました。お正月も一人だと淋しくてピンチ（crisis）かと思っていましたが、なんのことはない、半年経ったこの頃には友達もたくさんできていて、日本にいる時よりにぎやかに過ごすことができました。

　私は一人で、ボーッとしているのが苦手です。家族や職場の仲間から離れ、異国でお正月を単身で過ごす淋しさへの裏返しであったと思います。

　1 月 25 日、朝起きたら、apart の周りに 60cm も雪が積もっています。空は青空、晴天です。太い tire に chain を巻いた真っ赤な救急車が、我が家の玄関のすぐそばに止まっていました。病気になってもこの大雪では、普通の車はとても病院まで行けないから救急車

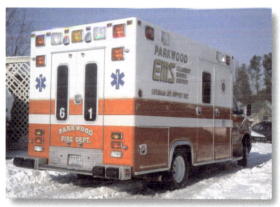

外は大雪、apart の前の QQ 車にビックリ (@_@;) (@_@;)。

を呼んだのでしょう（＊4）。

　私が住んでいるNorth CarolinaのDurhamは南部の温暖な田舎町で、普通の人はsnow tireなどは持っていません。TV・radioで、降雪対応の大型四輪駆動車を持っている人に、病院まで職員や患者さんを運ぶvolunteerを、盛んに呼びかけています。

　日本では経験しないことなので"America"らしさを感じて妙に感心しました。交通事故もたくさん起きて、矢田先生、Minako先生のapartは停電だと言います。

　雪が降ったのは半日だけでしたが、寒波襲来ということで雪はいっこうに解けませんでした。

　私は潔く、病院には行かず、雪が解けるまでapartで籠城することにしました。英語で電話するのがおっくうなことと、私がいなくても誰も気にしないだろうと思ってDuke大学へは連絡しなかったのです。

　雪が解けて五日ぶりにMedical Centerに出かけたら、Helms教授と秘書のMirnnaに"どうして連絡を入れなかったのか！"と怒られましたが、申し訳ない気持ちとともに、

Apartと言っても日本のapartとは全く違って、ペンション村（Pension village）という感じです。ラッセル（snowplow）して朝日に映えるapartを撮影。

－ 125 －

心配してくれていたのだと嬉しい気持ちにもなりました。

夕方になっても晴天、夕陽に映える swimming pool の柵。
なんと、pool 付きの豪華 apart だった。

(＊1) サッちゃんは日本人と America 人との half ですがとても綺麗な人です。日本語は話せません。
婚約者の David は computer を使って design の仕事をしています。"Artist と scientist は Mac を使う" と言っていました。寡黙ではありましたが、humor があり Duane から silent comedian と言われていました。

(＊2) Minako 先生は Duke University Medical Center 放射線科唯一の日本人で、いろいろ教えてくれました。後に大親友になった矢田先生を我が家に連れて来てくれたもの Minako 先生です。Minako 先生は可愛くて、style も良く、boyfriend に不自由しない人でした。

(＊3) Bar-B-Q：Barbecue. 米国南部名物の、長時間かけて豚をまる焼きにした料理に始まります。直火で骨から肉が簡単にとれるほど柔らかくなるまでゆっくり焼きます。
Chain 店らしき看板は見ていましたが、店に入ったのは初めてでした。
John がわざわざ連れて行ってくれるだけのことはあり、とても美味しかったです。

(＊4) America の救急車は大きくて、派手です。昔の日本の戦闘機が地味だったのと比べて、America の戦闘機がド派手な paint をしていたことを思い出させます。
Washington DC のスミソニアン（Smithsonian）航空宇宙博物館に行くと、たくさんの America の戦闘機にくわえて、日本のゼロ戦、紫電改等も展示されています。

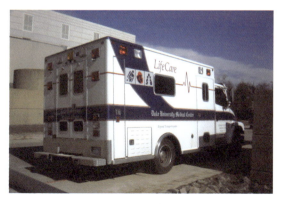

Duke Medical Center QQ 部に到着した青の QQ 車。

36　George Winston、そして Elton John

　世界的 news にもなった North Carolina で大雪が降った後の１月31日、George Winston の concert が Durham で予定されていました。George Winston は癒し系ピアニストです。"December" はわざわざ日本から持って行って聴く程好きな CD アルバムでした。

　地図を何度も確かめてから、ticket を買いに会場の Carolina theatre へ出かけました。私は方向音痴で、車の運転も下手くそです。ぐるぐる回って、やっとこ Carolina theatre らしき建物を見つけて慌てて車を停めたら、後ろから来ていた大型 truck の黒人運転手に "What a stupid boy!" と大声で怒鳴られました。私の下手くそな運転で、危うく交通事故になるところだったのでしょう。

　この時の "What a stupid boy!" は強烈鮮明でした。これ程、私の脳細胞に深く刻み込まれた英語音は他にありません。妙に感心したものです。のんびりした南部の田舎だったので、私のような下手な運転でも生きのびることができていたのだと思います。

　ところで、concert 当日になっても、まだ道路に雪が残っているので電話をかけて公演は中止かと問い合わせてみたところ、意外にも予定通り行うと言います。夕方、おそるおそる車を出してみると、幹線道路の雪は解けていました。

さて、concertですが、CDで聞くよりはるかにjazzに近い演奏で、私の知っているmelodyは一つもありませんでした。Harmonicaやguitarの演奏も披露されました。Carolina theatreは、小さくてとても雰囲気の良い会場ではありましたが、concertはつまらなかったです。

　後日、"George Winstonのconcertに行ったけれど、良くなかった"と台湾出身のJohnに言ったところ、"George Winstonは、CDはとても素晴らしいけれど、liveはダメなんだ"と教えられました。なるほど、そういうことかと納得したものです。

　今度は、2月5日土曜日に、Elton JohnのconcertがFayetteville NC Crown Coliseumで開かれることを知りました。ここは高速道路で二時間近くかかる遠くの町で、とても一人で行く勇気がありません。矢田先生を誘ったら、labが早く終わる土曜日でもあり、喜んでいっしょに行ってくれることになりました。

　けれどもElton JohnはDiana妃が亡くなった時に追悼の"Candle in wind"を歌ったこともあり、大人気でticketはどこのsiteも売り切れでした。

　それでも諦めきれずにinternetで三時間も探して、なんとかticketが残っている販売所を見つけることができました。Ticketは電話で購入する仕組みになっていました。私のcredit card番号を言い、予約番号を教えてもらいます。当日、ticket売り場で予約番号を言えばよいとのことでした。

やっと手に入れた ticket は安い席でしたが、それでも＄45 もしました。

　矢田先生と早めに出かけました。会場は ice hockey もできる大きな arena でした。早すぎて、周りに誰もいません。Ticket 売り場をやっと見つけて、おそるおそる予約番号を告げると、あっさり ticket を二枚渡されました。

　時間があるので、近くに見つけた pancake 屋さんで食事をすることにしました。Blueberry の pancake を注文したところ、嬉しくなるほど blueberry が山盛りで、最初はとても美味しいと思ったのですが、徐々に口の中が甘くなり、その量の多さにへきえきしてしまいました。米国の大衆 restaurant では、＄10 も order するとたいていは食べきれません。

　それでも私は、いつも矢田先生よりは美味しいものを注文できていたと思います。矢田先生は、運転は上手いのですが、美味しものを見つけて注文するのは下手でした。

　さて、会場に入ると、我々の座席は stage の斜め後ろでした。舞台の前では開演前から、ノリノリのオバサン達が踊りまくっています。

　本物の bodyguard が、カモシカのような身のこなしで興奮したお客さんを取り押さえるところも見ることができました。会場は凄い熱気です。Stage の斜め後ろの座席ですから、当然 Elton John の背中を見ることになるのですが、広い会場の中では Elton John にかなり近いところです。

　Elton John 一人だけの concert で、電子 piano と synthesizer を

– 130 –

駆使していました。CDで聞くより、blues風に歌っています。南部Americaに合わせているのでしょう。

　全曲歌い終わった後の会場は興奮のるつぼで、凄いアンコール（encore）が沸き起こりました。Gayらしい派手な黒の舞台衣装から、ジャージ（jersey）に着替えたElton Johnが現れて、"Candle in wind"を歌いました。会場の感動が、矢田先生の感動が、そして私の感動が一つになっていました。米国滞在中最大の感動であったと思います。今でもElton Johnの曲を聞くと、矢田先生と二人で行ったFayettevilleのconcertの感動がよみがえってきます。頑張って行って良かったです。

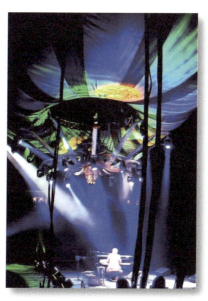

37　車検、健康保険、自賠責保険、運転免許証

　ある日の Duke 大学からの帰宅時、車がエンスト（engine stall）しました。運良く私の apart の入口で車が止まったので、Duane に電話して修理に来てもらい、事なきを得たのです。

　この時、Duane から、"inspection（車検）が切れている。見つかると＄80 の罰金である" と指摘されました。＄80 は大金だと慌てて車検を更新しました。

　私は事務的なことが大の苦手です。日本語で書かれている書類もろくに読めない性格なのです。実は、米国留学する際に義務づけられている健康保険にも入っていませんでした。留学手続き書類には、"自分の遺体も日本に送れる" 保険に入るようにと書かれています。

　留学手続きの英語書類は丁寧には読みませんでした。"めんどくさい"、"まぁいいや" と思って保険に加入もしていなかったのです。

　矢田先生は、ある時ひどい頭痛のために apart から病院へ救急車で搬送されたそうです。この時の高額の医療費を、日本の保険会社があっさりと支払ってくれたとのことでした。

　米国に来てから、運良く病気らしい病気をしていませんでしたが、2月に入り軽い風邪をひきました。それで病気や事故になったらたいへんだと不安になりだしました。

　米国に来てからもう半年以上も経っていましたが、Duke 大学の留学生会館へ行って、残り半年分の保険に入りました。

ところで、国際運転免許証は、取得日から十ヶ月間有効です。
　North Carolina 州では、転入後三ヶ月以内に州の運転免許証を取得することが義務づけられています。これも"まぁいいや"と先延ばしにして、取っていなかったのです。
　国際免許証が切れる直前になって、North Carolina 州の免許を仕方なく取得することになりました。Taki さんや矢田先生に試験問題集を借りて、勉強をしました。
　免許センターは apart から比較的近い所にあり、小さな office でした。Personal computer で行う簡単な文章問題と、試験官が personal computer 上にランダムに道路標識を出して、それに答えるという簡単な試験の後で、実技になりました。
　大柄な女性の試験官の指示を受けながら、免許 center 周辺の道を運転して、最後に車庫入れみたいなことをして無事に終わらせることができました。顔写真を撮影する時、flash で目をつぶってしまったので再撮影してもらいたかったのですが、係の黒人男性と英語で交渉するのがめんどくさかったので、そのままにしました。

　そんなわけで十年有効の私の運転免許証の顔写真は目をつむっています。私本人のようには美男子に写っていないのでとても残念です。
　ところで、米国に着いてすぐに、Taki さんに連れられて車の自賠責保険には入りました。
　この保険では残額を小切手で振り込む必要があったのですが、請

求書を他の junk mail といっしょに捨ててしまい、実は自賠責保険も切れていました。私は免許を習得する時に、この有効期限切れの自賠責保険書を見せていたのですが、担当官は気づきませんでした。

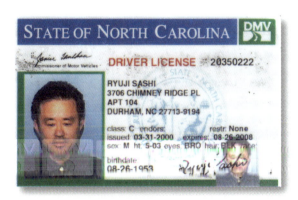

eyes：BRO と書かれていたのはおそらく、目の色は brown といっことだろう。写真は気に入らないけれど、良い想い出。

　日本人留学生が集まれば、米国社会はとにかく"いいかげん"と悪口を言って盛り上がるのですが、この時ばかりは"いいかげん"さに救われました。

　Taki さんに、"帰国する時は車の保険屋さんに挨拶に行くように"と言われていたので、一応、"帰国します"と挨拶に行きました。そして帰国後、しばらくして余分に支払った保険金が小切手になって秋田に送られてきたのにはビックリしました。

　"いいかげん"と言っても個人にもよります。米国人でも"律儀"な人は日本人以上に"律儀"で親切だったのです。

38 完璧美人

　Duke 大学は南部の名門校で、学力 level も授業料もとんでもなく高いものでした。Duke 大学を日本人で知っている人は少ないですが、米国では basketball が強くて有名です。

　Duke 大学の basketball の試合日になると、入場券を求めるダフ屋が大学駐車場でうろうろしているのには驚かされたものです。

　Campus 内に多数の tent が張ってあるので何かと聞いたら、basketball の当日券を買うために、学生達が一週間も前から待っているとのことでした。

　これらの tent の向こうに Card gymnasium（＊1）という立派な建物がありました。日本の fitness club を大きく豪華にしたような施設です。

　America 人は運動大好きなので、充実した training machine や squash courts 等々がありました。しかも、早朝から夜遅くまで開いています。土曜日も日曜日（＊2）も使用できました。様々な施設が長時間、開いているのが America 的です。

　お金さえ払えば、早朝でも深夜でも働いてくれる労働者がいて、それに対してお金を払える人が、America にはたくさん存在するということなのです。

　ここの gym には、50m の室内 pool もありました。運動が苦手の

私ですが、のんびり泳ぐのは好きです。Apart にはそれなりの pool も完備されていましたが、America に来てからずーっと余裕が無くて使っていませんでした。

　やっと気持ち的にも余裕が生まれ、泳ぐ気になった時にはもう寒くなっていました。そこで Card gym. の温水 pool で泳ぐための使用許可を貰うことにしました。Card gym. は、学生は無料ですが、職員は有料です。私は学生でも職員でもなかったですが、なんとか安くしてもらおうと交渉したところ、結局、使用許可が下りるのが遅れただけでした。ケチるとろくなことがありません。冷静に考えると、法外な授業料を払っている学生が無料なのは当然でした。

Duke University Medical Center の fellow になって渡された ID card。
職員は全員 ID card をつけている。"Service Begins With Me" と書かれていて、この card を使って Card gym. にも入館する。

　Pool は端のほうでも深くて足が立たず、長さも 50m もあってたいへん疲れました。たいがい空いていて、1 course ／一人で泳ぐこ

とができました。

　たまに女子学生と同じcourseで泳ぐこともありました。Duke大学の学生は、成績優秀な良家の子女達で、女性は綺麗な人が多かったです。太ったおば様達と泳ぐことが多い日本のfitness clubとはたいへんな違いでした。

　Duke大学で女性を眺めていると、style、髪、顔の、どのpartsも完璧な美人を見つけることがあります。自分とはまるで別の動物のような気がします。

　私は、動物園で羽を広げた孔雀を初めて見た子供の時のことを思い出しました。完璧美人を見ていて思うのは、人種の違いです。欧米人に比べると、日本人は、平均して外見は良くないし、秋田に住んでいてstyleも顔も両方が完璧に美しい人を見かけることはまずありません。

　Gymの男子shower roomでは、多彩な裸を見ることができました。"Dukeの男はみんなhandsome" とはMBAをとりに来ているbusiness school学生の奥様方の意見ですが、意義はもちろんありません。

　さすが多様性の国、人種のpatchworkと言われるだけあって、様々な○○○○を見ることができました。私としては見たくもなかったし、思い出したくもないのですが、見えたものは仕方ないでしょう。

（＊1）Card gymnasium："なんでCard gym.というのか？"と聞いたら、"入館にcardを使うからだよ"と教えられた。しかし後日、

internetで調べたら、Duke大学の野球やbasketballの初代のcoachの人物名とのことです。

（＊2）日曜日：日曜日の午前中だけはDuke大学の施設は、図書館もCard gym.も含めてたいてい閉まっていました。おそらく、日曜日の午前中は教会に行くことになっているからではないかと想像しています。

39 ワシントン (Washington) で桜が咲いた！

桜が咲いたら Washington D.C.（＊1）に行こうと矢田先生と決めていました。

Washington には、日本から贈られた桜並木で有名な Tidal basin（池）があります。我々が住んでいた Durham から Washington までは、車で五時間程でした。

三月の末に、Washington で桜が咲いたと矢田先生から電話がありました。

矢田先生が lab を休めるのは土日だけですから選択の余地はなく、週末に一泊二日で Washington に行くことにしたのです。

早朝に Durham を出発しました。いつものように車は私の Stanza、運転は矢田先生です。

矢田先生は、前方に車がいないのに、なぜか追い越し車線（左側）を走っています。矢田先生にそのわけを尋ねると、日本の習慣で無意識に左を走行してしまうとのことでした。

運動神経が良い矢田先生に運転はいつも任せているのですが、くわばらくわばらです。

高さ169m の Washington 記念塔、elevator の工事中で中には入れなかった。残念。

無事にお昼にはWashingtonに着き、mall（＊2）の東端近くにある無料の駐車場に車を停めました。

　Tidal basinを目指して、mallを東から西へと歩きます。空は深く乾いた青空、桜は満開、何たる幸せでしょう。

　まずは、Jefferson記念館の中に入ってみます。中にはJeffersonの大きな銅像とJeffersonが残した言葉のpanelがありました。

　"……全ての人間は平等につくられている。創造主によって、生存、自由そして幸福の追求を含む侵すべからざる権利を与えられている……"のAmerica独立宣言の英文を苦労しながら読みました。

　国民として誇れる独立宣言があるAmericaを羨ましく思います。また同時に、『原住民にライフル(rifle)を突きつけ、"ここは俺達の国だ"と独立宣言する自由、権利もあるのか』とうがった考えも湧いてきました。

　さて、満開の桜並木に囲まれたTidal basinの周りを矢田先生と一周します。ゴミも屋台も見当たりません。

　桜の木はさほど大きくないのですが、とてもたくさんあるのが素晴らしかったです。Americaは何でも日本より一桁大きいと卑屈な気持ちになります。

　Lincoln記念館、Vietnam戦争戦没者慰霊碑、朝鮮戦争戦没者慰霊碑、等々を見ながらmallを西から東へと散歩しながら駐車場に戻りました。

　予約したWashington D.C.郊外のmotelにcheck-inしました。

私が疲れ果てて、汚いmotelのbedの上で雑巾のように横になっていると、矢田先生がGeorgetownに夕飯を食べに行こうと言いだします。

　見知らぬ道路の運転をして、矢田先生のほうが疲れているはずなのですが、なんとも元気です。私は矢田先生に抵抗する気力も無く、Georgetownに連れて行かれました。

満開の桜の向こうにかろうじてTidal basinが見えている。
私が写っている留学中の写真の中でも気に入っている写真である。自分で自分を撮影するのは難しいものなので。

　Georgetownはオシャレなboutiqueやcafeがたくさんあり、日本の原宿・六本木という風情の街並みです。

　予約があるわけでもなく、guidebookも持っていない我々は、適当にVietnam料理店に入りました。店はほぼ満席で、半数が東洋人でした。民族衣装を着たwaitressがとても可愛かったです。そこでVietnam料理を初めて食べたのですが、とても美味しかったのが少し意外でした。

　Americaは多様性の国、南部の田舎のrestaurantはたいていまずいのですが、大都会Washingtonにはさすがに美味しいお店もあったので、大満足でした。

　矢田先生は典型的な留学生です。Toughで、欲深く、好奇心旺盛です。それに比べて私は清廉、謙虚、眉目秀麗。

　そんな私でも矢田先生のおかげでWashingtonの夜を楽しむこと

ができました。矢田先生に感謝！

　翌日は矢田先生お勧めの Holocaust 博物館に行く予定になっています。

(＊1) 実は、Washington D.C. は二度目でした。富山の中学生 group が夏休みに Durham に来た時に、世話係の Taki さんの随行で Washington D.C. に来たことがありました。この時は Kennedy 大統領のお墓もある Arlington 墓地、Smithsonian の航空宇宙博物館、America 歴史博物館にも行きました。

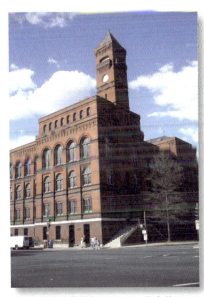

(＊2) Mall は長方形の形をした公園地帯で、4km の長さがあります。東端に国会議事堂、西端に Lincoln 記念館があり、Smithsonian 博物館群、Washington 記念塔なども含まれます。

どの建造物も雰囲気があって、街全体として調和がとれている。日本はごちゃごちゃ。気のせいか……。

40 Holocaust 博物館（＊1）に行く Part1

　私は、erotic は好きですが grotesque は苦手です。それでも矢田先生が勧めるので、Holocaust 博物館に行くことにしました。

花壇の花。陽射しが当たって綺麗。

　まずは、朝一番に整理券を貰いに行きましたが、人気が高いこの博物館への入館は午後からでした。無料である点は他の博物館と同じですが、警備が厳重で雰囲気が違います。

　Holocaust 博物館では、まずは四階まで elevator で上がり、強制収容所を開放した連合軍が目にした黒くなった死体の山の写真を目にすることになります。
　そこから時代を体験するように展示される無数の遺品・写真、多

数の panel TV monitor を見ながら、暗い一本道の通路を回り二階まで降りてきます。

　最後に、TV monitor で Holocaust 関係生存者の証言 video を観る corner でこの展示は終わります。

　各階は theme（テーマ）を持っており、"ナチ (Nazi) の暴虐"（＊2）、"最終的解決策"（＊3）、"最終章" となっています。八角形をした "追悼の部屋" を経てから、明るく広い一階へと降りてきます。

　Anne Frank も Auschwitz まで乗せられたと思われる、窓が小さく黒ずんだ輸送用貨車の中も通り抜けて、Anne Frank も寝たと思われる Auschwitz の蚕棚に手を触れることもできます。

　殺す前に脱がせた無数の靴の展示にも驚かされます。

Tidal basin、桜、Washington Monument、矢田先生。

　収容所ではまず髪を切られたと言います。朝だい中から晩まで酷い、体力があるうちは働けるだけ働かせたという Nazi の狂気は理解を超えるものです。

　この猟奇性を含んだ犯罪が、国をあげて systematic に行われたことは歴史上でも他に類を見ないものでしょう。

　戦局が不利になった時、

Auschwitz 収容所ではガス室を爆破し、証拠隠滅を図ったとのことですから、犯罪の自覚があったことは確かと思われます。

(＊1) 米国 Holocaust 記念博物館。1972 年 Carter 大統領の呼びかけで設立が決まり、1993 年に開館しました。土地は連邦政府から寄贈されましたが、183 億円の寄付のみで設立されています。
潤沢な寄付を元に、優れた producer、建築家、designer が Holocaust を theme にこの博物館を作っています。内容、質、表現ともに練りに練ったものであり、theme 館としては世界最高水準です。

(＊2) Nazi Assault 1933 to 1939：Nazi（国家社会主義ドイツ労働者党）の台頭から第二次世界大戦勃発までです。ここでは Nazi がどのようにして国民を洗脳し、計画組織的大虐殺を可能ならしめた全体主義国家をどのようにして築きあげていくかが展示されています。
当時、America も基本的にはユダヤ (Jewish) 難民の受け入れを拒否していたし、この期間の Nazi の台頭、迫害を見て見ぬふりをしていました。"America の人々が一連の出来事にどのように対応したのかを学べる"とあります。

(＊3) The "Final solution" 1940 to 1944 : Nazi はこの結果的大虐殺のことをユダヤ人問題最終解決策と呼称しました。中身はユダヤ人の殲滅を目指す計画でした。
この呼称に、口にはできないことをする Nazi の後ろめたさを感じます。

後に Nazi が行った最終的解決策は Holocaust（生け贄の丸焼き）と呼ばれ、ユダヤ人（約 600 万人）に加えて、ジプシー (Gypsy)、エホバ (Jehovah) の証人、障害者、精神病者、同性愛者（300 ～ 500 万人）の大殺戮を含んでいたとされています。

これらの人々への扱いが欧米で非常にナーバス (nervous) な問題であることは、Holocaust とも関連していると想像されます。

アンネ（Anne）の日記が書かれたのもこの時期であり、展示にも含まれています。私は中学生の時に Anne の日記を買いましたが、実につまらないと思いすぐに読むのをやめました。高校生になり、三度目の挑戦でやっと最後まで読むことができました。我慢強くなったからです。

しかし、日記は 1944 年 8 月 1 日火曜日で前触れも無く終わっていて、背筋が寒くなりました。Anne Frank は密告により強制収容所に送られて死亡したのです。

国会議事堂と矢田先生。あくまでも人物を中心に撮影するのがコツ。Photographer は私なので、私が写っている写真は少ない。

41 Holocaust 博物館に行く Part2

　秋田大学に入学して、すぐにフランクル (Frankl) の"夜と霧"（＊1）を買って読みました。本文とは無関係に掲載されていたユダヤ人虐殺の写真を見ていたためか、Holocaust 博物館のおどろおどろしい写真を見ても平静でいられました。

　むしろ殺される前に撮影された美しく芸術性の高い人物写真の数々が、その後に待ち受ける彼らの恐ろしい運命と対比されて心に刻まれました。

　四階から二階まで降りてくると、最終章となり暗くて長い展示も終わります（＊2）。

　ここを出ると"追悼の部屋"があります。そこはダビテ (David) の星を連想させる八角形をしていました。

　たくさんのロウソクが灯されていて、物音一つ聞こえません。ここの床で、倒れて動けなくなっている青年がいました。"打ち砕かれる"とはこういうことを言うのでしょう。彼は Holocaust 犠牲者の孫かもしれません。ひょっとすると、加害者側ドイツ人（German）の孫かもしれません。

　でもおそらくは、America の普通の若者でしょう。私が留学中に出会った America 人の大半は、善意にあふれた理想主義者でした。America 人も捨てたものじゃないとつくづく思います。

こんな好青年達を大義名分のもとに戦場に送り続けるのもまた、Americaなのです。

　皇国史観（＊3）による日本国民洗脳は、ナチズム(Nazism)と方法論で共通性があります。

　しかし、Asiaの人々からも尊敬されようと思っていた八紘一宇（＊4）は、隣国民からすれば大きなお世話、荒唐無稽なものでした。

　一方、Naziの最終解決策は"目障りな人たち"を全て抹殺しようとする現実的方法でした。事実、大虐殺を行ったのです。

　単一民族、単一国家への憧れは危険を孕んでいます。

America歴史博物館を出ると、夕陽が国会議事堂にあたっている。

　Holocaust博物館を出て、待ち合わせをしていた山崎氏といっしょにAmerica歴史博物館に行きましたが、心の切り替えができないうちに閉館の時間になってしまいました。

　Georgetownのrestaurantで夕食をとってから、D.C.を発つことにしました。

　今度は洋食屋さん（？）に入り、二人ともhamburgerを注文し

たのですが、しばらくすると、なぜかステーキが運ばれて来ました。

　矢田先生と顔を見合わせましたが、とにかく食べてしまうことにしたのです。美味しかったです。

　それなのに、半分食べたところでステーキ（steak）は下げられてしまい、注文したhamburgerが運ばれてきました。

　おそらく、間違えて出してしまったことに気づいたのでしょう。

空高く、大きな大きな虹がかかっていた。

　そのhamburgerはchain店のものよりはるかに美味しいものでした。それに、steak代も請求されることもなく、ホッとしました。

　D.C.からの帰路は、深夜を越えてしまっていました。

　それにgasolineが減ってきて、Durhamまでたどりつきそうにないことに気がつきました。Interstateの周囲は漆黒の森、森です。闇の中でlightが一つ点いている無人stationを見つけ、給油装置からgasolineが出てきた時は本当に助かったと思いました。

　以下、月曜日の夜に矢田先生から受け取ったmailです（原文のまま）。

お疲れさまでした。佐志先生 D.C. ではいろいろとありがとうございました。とても充実した二日間を過ごすことができたいへん満足しています。今日はラボまでご足労頂いたのに、あいにく不在で申し訳有りませんでした。後日、領収書のコピーをもって伺わせていただきます。記憶ではメキシコ昼食＄20、ベトナム夕食＄50、motel ＄68、アメリカン夕食＄44 (total ＄182) で一人＄91 程と思います。またしても、二人で行くと信じられない値段で楽しめることを実感しました。日本での忘年会2万円を思うとできるだけいろいろな所へ行きたいと思います。今後ともよろしくお願いいたします。
矢田 豊

（＊1）"夜と霧"：強制収容所での体験談は実に生々しいものです。ユダヤ人が一方的に被害者でしなく、親衛隊のドイツ人皆が悪人というわけでもありません。収容所支配にユダヤ人をも利用する Nazi のやり方が許せません。Anne の日記とは正反対に、著者のフランクルは連合軍によって突然に解放されます。

（＊2）Last chapter：最終章は、Holocaust 博物館の三番目の floor で、強制収容所の開放とその後です。ユダヤ人を助けようとした勇気ある人もいれば、Holocaust に加わった人もいます。
しかし、Europe の大多数の人は傍観者であったとありました。

（＊3）皇国史観：日本の歴史が万世一系の天皇を中心として展開されてきたと考える歴史観。日中戦争から太平洋戦争期に、国民統合と戦争動員に大きな役割を果たしたが，敗戦により凋落。（大辞林 三省堂）

（＊4）八紘一宇：天下を一つの家のようにすること。第二次大戦中、大東亜共栄圏の建設を意味し、日本のスローガン (slogan) として用いられた。（大辞林 三省堂）

振り返ると、Washington Monument に夕陽がさしていた。

42　ナマズの唐揚げ

　Takiさんには、中華料理buffetのPanda Innにたびたび連れて行かれました。日本人の来客があった時とか、ことあるたびにPanda Innでdinnerとなりました。Takiさんは必ず大好物の"ムール貝(mussels)蒸し"を別皿で特別注文してモリモリ食べていました。

　育ちの良い私は、buffet形式自体が嫌いです。粒々辛苦（＊1）と食べたのち、お皿やお茶碗が空になり、"ご馳走さまでした"を言ってから初めて食事の満足感が湧きます。Americaにはbuffet形式の店がたくさんあります。好きなものを飽きるほど食べられることが、大食漢で品格無いAmerica人には好まれるのでしょう。留学前年にDuke大学のセミナーに参加した時も、Panda Innに招待されました。この店の壁に掛けられた"グルタミン酸ナトリウムは使用していません"（＊2）と書かれた大きな掲示板には驚きと不快感を覚えました。

Panda Inn

　Americaの中華料理店では、check outの時に必ず、おみくじが入ったfortune cookie（＊

– 152 –

3) をくれます。最初に連れてこられた時にひいた運勢がたいへん良かったので、米国滞在中は fortune cookie はもう貰わないことにしました。

　Panda Inn に自分から行くことは一度も無かったのですが、Taki さんから紹介された近くの Korean 系食料品店には頻繁に通いました。キムチ、さつま揚げがとても美味しくて、行けば必ず買ったものです。日系食料品店ハトヤより全てが格安でした。
　お高い business school の奥方様は利用しないと聞いていましたが、実際日本人らしき客には稀にしか遭遇しませんでした。
　店員は当然、韓国語と英語を話します。店の奥から、お婆ちゃんがヨッコラショと出てきてくれて、私に日本語で話しかけてくれました。日本統治下の頃に覚えたのでしょう。ところが、驚いたことに英語が全く喋れないと言います。米国に何十年も住んでいるのに、英語が喋れないとはどういうことなのでしょうか？　要するに、America には好きで来たわけではないということでしょう。

　Panda Inn の並びに T.J. Maxx（＊4）という衣料品と雑貨が安い店を見つけ、衣類はたいていここで買いました。高級 brand 品が安く入手できたので、日本に持ち帰り今も愛用しているお気に入りもあります。
　この店で、奥様といっしょに買い物に来ている fellow の Paul に偶然出会いました。Fellow の給料は年 $54,534 と低いからでしょうか。

Paulの奥さんは、Philippines人のように私には見えました。ただ、Americaではそういうことは言及しないのが原則です。

　PaulはTom Cruiseばりの男前ですがちょっと背が低く、大男が多いAmericaでは、親近感を持つことができました。それに最初から私に一目置いてくれたこともあって仲良しでした。

　ただ、英語が下手な外国人には慣れておらず、私の英語を推測してまではくれませんでした。

　ある昼休みに、病院のcafeteriaでPaulとナマズの唐揚げ（＊5）を二人で食べることになりました。この時、その唐揚げを指さしながら"キャット・フィッシュ"と発音したのですが通じませんでした(>_<)。

　繰り返し"キャット・フィッシュ"と言い続けた私をキョトンしながら見つめるPaulの端正な顔がいつまでも忘れられません。

ナマズの唐揚げ

　学生の皆さん、America留学は英語力が決め手です。大志を持って発音も練習してください。

　"Boys Be Ambitious, Girls Be Beautiful"

Fortune cookie

名刺入れに貼ったその時のおみくじ

(＊1) 粒々辛苦：米の一粒、一粒が農民の苦労の結晶であること。転じて、こつこつと地道な努力を重ねること。（大辞林　三省堂）

(＊2) グルタミン酸ナトリウム：日本では"味の素"で有名。Americaでは"中華料理店症候群"と言われて、一時期、摂取量の制限が設けられていました。とは言え私の実家の料理に味の素は必需品でしたし、日本の誇るべき発明と教えられていました。

(＊3) Fortune cookie："You have an important new business development shaping.""あなたは重大な新しい仕事の発展局面にいる"私の理性では占いは信じたくないのですが、良い運勢は気分が良いものです。留学の決意と大いに関係していたので、これ以上の運勢は必要ないと思いました。

(＊4) T.J. Maxx：有名店の売れ残り商品を、安売りしているchain店。brand品も一応新品。Americaで男物のS sizeを探すのはたいへんでした。

(＊5) ナマズの唐揚げ：白身魚であるナマズは南部 America 料理の素材としては有名です。Duke 大学の cafeteria のナマズの唐揚げは小ぶりで、味は McDonald's のフィレオフィッシュ (Filet-O-Fish) の歯ごたえを良くした感じでした。小骨も無く食べやすかったです。Cat の [a] は長母音で"ぇあ"とわずかに長めに発音します。私の"キャット"は曖昧短母音で Cut fish "魚を切れ！" に聞こえた可能性大です。

T.J. Maxx で買った Coach の key folder。今も愛用している。$10 くらいだった思う。

43 本場でのプロレス観戦と気まずい思い

　私は pro wrestling 好きで、前述のように医局の高橋先生から貰ったマサ斉藤さんの"プロレス「監獄固め」血風録"をわざわざ America まで持って来たほどです。

　America は pro wrestling の本場ですし、cable TV ではたくさん放映があるらしかったのですが、apart に入る時に、cable TV には加入していませんでした。というか、加入交渉を電話でする英語力が無かったのです。

　Taki さんから借りた TV で地上波放送のみを見ていました。新聞をとるようになって、地上波でも週に二回は pro wrestling が観られることが判りました。sponsor がつかない日本と違って、沿岸警備隊が pro wrestling 放送の CM を流しているのはビックリしました。

　無料で観ることができる pro wrestling 放送は、善玉が悪役にやられてストレスがたまります。一方、Pay Per View（＊1）では胸のすくような試合を放送すると聞きました。

　そして、隣町の州都 Raleigh で WWF（＊2）の pro wrestling の興業 "Smackdown!" があることを新聞、TV で宣伝していました。

　そこで、勇気を振り絞って観戦に行くことにしたのです。

　Raleigh には映画 "STAR WARS Episode I" を観るために何

度も通っていたので、私の運転でも大丈夫だろうと高を括っていました。

　ところが、高速を降りた所から予期せぬ車の渋滞が始まっていたのです。危うく追突・大事故になるところでした。

　渋滞の流れについて行ったおかげで、pro wrestling 会場の arena（＊3）までは、私でも迷わず到着しました。

　Arena の外には、柄の悪そうな人達がたくさん集まっていて、試合前から数人の黒人達が興奮して騒いでいます。当日券を買いに行きましたが、どの列に並んだらいいのか判りません。白人の若者から"お前は一人か？　なら安い ticket をいっしょに買おうぜ！"と言われました（ようです）。どうやら四枚だと安いとかそういうシステムらしかったです。喧嘩もあり、英語もほとんど聞き取れなかったのですが、だまされたわけではありませんでした。

　The Rock（＊4）、The Undertaker（＊5）、Chyna（＊6）等の有名 pro wrestler を生で見ることができて大興奮でした。

　また、日本人の Funaki と Taka みちのくのタッグ・チーム (tag team) が登場した時は、思わず愛国心が沸騰しましたが、善戦の末、負けてしまいました。

　休憩時間には hamburger を買って来て、自席のすぐ上にあるバルコニー (balcony) のような見晴らしの良い所で食べていました。

　（ここにいるのはまずいかな……）とうすうすは思っていたら、やはり"ここは俺達の貸し切りだから出て行ってくれ"と言われてし

まいました。たいへん、丁寧な口調ではありましたが、その人達に不愉快な思いをさせてしまったことでしょう。Sneaky（ずるい）な日本人をやってしまって、私自身もたいへん気まずい思いをしました。留学期間中でも思い出したくない出来事の一つです。

　良くも悪くも pro wrestling 会場は、愛国心に満ちあふれた場所でした。試合が終わると arena の外は真っ暗で、到着した時とは別世界のように思われました。
　自分の車がどこにあるかも判らず、探すのに苦労しました。渋滞はさらにひどく、その上、道にも迷ってやっとの思いで帰宅することができました。
　留学前から本場の pro wrestling を一度は見ようと決心していたので、それなりに自分の行動力に満足しました。良い経験をしたと思います。

（＊1）Pay Per View：番組を観る都度、別途課金される cable TV 番組。私の TV は地上波のみなので見ることができませんでした。

（＊2）WWF（World Wrestling Federation）：2001 年に世界自然保護基金（World Wide Fund for Nature）から名称を代えるように求められる訴訟を起こされ敗訴後、WWE（World Wrestling Entertainment）に変更。Pro wrestling が自然保護団体に勝てるわけがありません。Pro wrestling の人気は高いですが、最低俗のものとされています。

私は、弱い立場の芸人にやらせる"いじめ"的バツゲームのほうがよほど低俗であると思います。昔、ビートたけしがその弟子にTV番組でやらせていたようなもののことです。日本人が持つ最も低俗な感性を惹起させ、波及させたように思われます。国際的には容認されない種類の"笑い"だそうです。

(＊3) Arena：Basketball、ice hockeyを行う室内競技場。数万の観客席があり、concertやpro wrestling会場にも使われます。

(＊4) The Rock：映画ハムナプトラ2の主役（黒人）。The Rockの得意技はPeople's Elbow。なぜかリング(ring)を走って往復、その後でelbow dropをします(:~_~:)。The Rockのお父さんはRocky Johnsonというpro wrestlerで、私が高校生の時に来日していました。TVで観たお父さんのdrop-kickには感動したものです。

(＊5) The Undertaker；強い！日本でも有名(?)。知ってる人は知っています。知らない人は覚えてね。

(＊6) チャイナ(Chyna)：この時、初めてその存在を知りました。女子なのに普通に男子と試合ができます（男女平等）。日本以上に、米国では中国(China)は大きくて"変"と思われています。

44 Charlestonに行くAmerica黒人奴隷問題

　America drive 旅行の醍醐味を味わった矢田先生と私は、South Carolinaの観光地Charlestonに行くことにしました。

　気弱な私でも、hotelの電話予約に苦も無く成功。土曜日の早朝出発、四時間半のdriveで、Charleston手前近郊にある綿花農園（＊1）Magnolia Plantationに到着しました。広大な敷地内には、当時のままの庭園と邸宅が残されています。大きく綺麗な沼（swamp）があるのですが、名物のアリゲーター(alligator)は見ることができませんでした。

晴れた空、輝く海、ヨット、America！

　説明によれば、ここの農場主は奴隷にも比較的良心的であったそうです。良心的とはいえ、当時、農場主達は『黒人女奴隷』に自分

の子供を産ませて奴隷として使っていたそうです。実の我が子も『黒人女』が産めば奴隷で、家畜並の扱いとは壮絶な話です。それぞれの配偶者は、奴隷小屋でのそうした行為をどのように思っていたのでありましょう。

Plantation の中の swamp（大きな沼？）

　黒い皮膚は優性遺伝ですが、同じ黒でも程度に差があり、鼻、唇の形も native African の面影の程度は様々です。一滴の血でも入っていれば黒人というのが America 流です。白か黒かのどちらかであり、混血という概念は存在しにくいようです。

　かくいう私にも黒人差別感情がありました。Durham に着いた最初の晩は Taki さんの家に宿泊しましたが、夜遅くに若い黒人男性がやってきて、明け方に勝手に帰って行ったのには、ずいぶん不用心だと驚いたものです。

Takiさんに"昨晩来たblackは誰？"と聞くと"「black」を使ってはいけない、「nigger」は絶対ダメ。「Native African」はOK。そもそも「white-black」に言及してはいけない"と言います。

　さて、Takiさんの家に自由に出入りしていたのは、後に仲良しになったDuaneでした。Duaneが黒人でなかったなら、私は、単にTakiさんの知り合いか親戚だと思ったに違いありません。

Vietnam戦争で使われたQQヘリ。Americaの子供達はこういうものを身近に見て育つ。良いことなのか？悪いことなのか？傷病兵に対する尊敬は日本のbarrier freeとは違う。

　Charlestonは、南北戦争勃発の地でもあり、人気の観光地でもあります。
　海に近く、素敵なgallery、antique shop、restaurantが建ち並び美しい街並みを作っています。

ここは、古い南部独特のたたずまいが残っていると言われています。ぶらぶらと歩いているだけでオシャレな気持ちになれます。田舎のDurhamには安くて美味しいrestaurantが無いのですが、ここでの食事は美味しかったです。

　観光案内によると、CharlestonはAmericaで最も教会の多い町だそうです。どこの街角からでも教会の尖塔と十字架がたくさん見えます。この数の多さは尋常ではありませんが、なぜなのでしょう。

　CharlestonはAmericaで奴隷船が最初に到着する港町であり、奴隷市場があったからだと私は想像します。

　奴隷市場まで鎖で繋がれて連れて来られたAfrica人は丸裸にされ、男なら丈夫で過酷な労働に耐えうるかどうか、女ならばたくさん子供が産めそうかと値踏みされ、競売にかけられたと言います。

今はのどかでも、昔は奴隷が働くplantation

その奴隷と教会とは、どういう関係だったのでしょうか？
　人の不幸と宗教との間には深い繋がりがあります。現世の不幸（不条理）は信仰への導きを与えてくれるのです。
　求める人がいて教会が建てられ、各宗派が不幸に群がります。国家権力との戦いを求めて成田闘争に過激派学生が集結したのと似ていると思いました。

　誇り高い先住民族（インディアン）大殺戮と、黒人奴隷問題の過去は、America建国の二つの原罪です。
　陽気で明るいAmerica人の心の奥底深くには、許されることのないこれら二つの原罪が存在しているのです。

港巡りの船ではイルカが見えたのですが、撮影に失敗。
カモメは撮れた。

翌日は、第二次世界大戦、Vietnam戦争で活躍した空母ヨークタウン（Yorktown）の見学で、America人の戦争好きを再確認しました。港巡りの船に乗って野生の"生イルカ"を見ることができて感動しましたが、一方で、旅行のmain eventと期待していた旧奴隷市場博物館に行ってみると、復活祭のため休館中でガッカリでした。
　いつものようにボロ雑巾のように疲れ果てて、apartに帰宅しました。

戦艦大和を沈めた空母Yorktown。特攻隊の攻撃を受けるも無傷。特攻を命じた責任者は誰だ☆(`д´メ)凸

4月28日矢田先生からのmail（原文のまま）。

> 佐志先生、先日はたいへんありがとうございました（お疲れ様でした）。おかげさまで充実した週末を過ごすことができました。諸費用を計算したところ最終的な先生の負担額は＄70でした（明細は次回お会いした際にお渡しさせていただきます）。早いもので、明日が正式にDukeへ勤める最終日になりました。UNC（＊2）へ移ってからも、また、よろしくお願いいたします。 矢田豊

（＊1）綿花農園：Plantation
映画"風とともに去りぬ"を思い浮かべてもらえばよいと思います。

（＊2）UNC：University of North Carolina, Chapel Hill.
Americaで最も古い州立大学。あのMichal Jordanの母校としても有名です。矢田先生は、"Crazy lab"を辞める決心をしたのでした。留学生のVISA（入国査証）は普通三年の期限ですが、その途中で留学先を代える留学生は少なくありません。

45 国際運転免許証取得 (ver.2) とW教授とのお約束

　North Carolina 州での国際運転免許証は取得日より十ヶ月間も有効ですが、できるだけ出国ギリギリで取るに越したことはありません。このことを秋田県運転免許センターの担当官が留学先を確認した上で教えてくれましたが、また来るのがめんどくさいので、出発まで時間はあったのにその場で取得しました。

　私の留学期間は一年間というのがW教授とのお約束でした。現地での運転免許証は、遅かれ早かれ必ず取る必要があったのです (＊1)。

　実は North Carolina 州では、転入届提出一ヶ月以内に、当地の運転免許証を取得する決まりがあることを知っていたのですが、無視していました。

　一度、帰宅途中に、検問の警察官に運転免許証の呈示を求められたことがありました。

　留学生がたくさんいる Duke 大学の近くだったためか、警察官もあまり気にせず、あっさり通してくれました。

　締め切りギリギリでやるのが私の芸風です。それでも"起死回生の backdrop" とか言いながら、それなりになんとかやってきたのが私の人生です。締め切りの無い仕事や勉強は、当然限りなく遅れますが、諦めないのも私の芸風です。

英語が判らないための軽いノイローゼ (neurosis) は軽快していたと思いますが、怠惰のために North Carolina 州運転免許証を取るのは遅れに遅れていました。

国際運転免許証の期限が切れるギリギリになって、さすがの私も運転免許証を取ることにしました。

運転免許証 office は、apart からすぐ近くの shopping mall の中にある小さな建物でした。

筆記試験は、文字が読めなくてもできる簡単な TV monitor 試験です（＊2）。それが終わると、おそろしく体格の良い婦人警官から、公道で実技試験を受けました。

そもそも住んでいるところが森の中なので気楽なものです。

"Go straight." "Turn left."……とか指示され、さらに舗装されていない脇道に入り、車庫入れのようなことをしました。このくらいの英語は理解できないと、運転免許証すら貰えません。

ともあれ、運転の下手な私ですら簡単に合格することができました。住んでいた Durham が田舎だから簡単なのでしょう。

Taki さんによれば、Durham よりさらに田舎に行ってより easy に North Carolina 州運転免許証を取る裏技があることを聞きました。"いいかげん"という意味では、私の利害ともかなっていたようです。

ちょうどこの頃、W 教授から久しぶりに mail が来ました。

> 佐志先生へ、その後お仕事順調でしょうか。(中略)私の悩みはだんだん増えるばかりです。そこで佐志先生がそちらでの残りの仕事を早く仕上げ、一日も早く帰秋(＊3)し、困っている私を助けてくれるのを祈る毎日です。まずはお願いまで。W

私からの返信mailです。

> 早く帰って来てくれと言ってくれたのは、W先生と平安名常一先生だけであります。最近になってやっと仕事も勉強もできるようになったので、少しでも長くいたい気持ちと五体満足なうちに早く帰りたい気持ちと半々であります。先生も御存知のように、意志薄弱の私ですから、帰国を延ばすとそれだけダラケルだけかもしれません。やりかけの仕事だけはなんとか仕上げて帰国したいと思います。与えられた時間を、充実させ、有効に使い、できるだけ早く帰りたいと思います。佐志隆士

本音でした(＊4)。

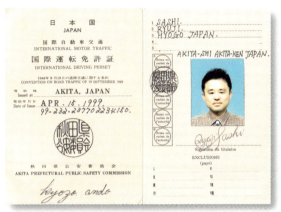

国際運転免許証

（＊1）私は大学講師としての給料を貰いながら、長期海外研修という形でDuke大学に留学していました。

W教授とは一年間の約束でした。世間では知られていないことですが、大学病院の医者（教官）は医師資格に対する手当をほとんど貰っていないのです。しかし、医師としての責任は存在するというひどい話です。

その代わり通常は許されるはずもない勤務時間内に他施設で週に八時間以内の兼業（バイト）を認められています。

不条理なことには八時間をはるかに超えて時間外勤務を強制されるのですが、時間外手当は一切払われません。時間内で地域医療に貢献させるようにという、文部科学省との暗黙の了解があるようです。

私の単身留学に伴う出費、兼業収入の消失等も考慮して、一年程の留学がちょうど良いと考えていました。

(＊2) Americaらしさを痛感しました。米国は多人種、多言語国家です。文盲率も高いそうです。私は留学期間中にAmericaの国勢調査 Census 2000を受けました。言語がスペイン語、中国語等、五ヵ国語の中から選べたのですが、日本語が無くてガッカリしました。偶然このCensus 2000に係わったDuke大学教授と話をする機会がありましたが、米国在住の日本人は英語識字率が高いので、日本語を加えても費用効果比が悪いと教えられました。なるほどと合点しました。

(＊3) 帰秋とは、秋田に帰ることです。

(＊4) それでも一ヶ月留学を延長し、帰国後ノイローゼを理由に一ヶ月夏休みをいただきました。拙著"肩関節のMRI"（メジカルビュー社）を完成させるのが本当の目的だったのですが、教官職であるから仕事をさばった、というわけではありません……と思いたい。ゴメンナサイm(＿)m。

46 出た！ゴキブリ（(≧Д≦) ww

　私は、America映画の入浴sceneのように湯船に泡をいっぱい立ててゆっくりとくつろいでいました。隣の目障りな便器の蓋は閉めて布をかけ、豪華なcandleを灯していたのです（＊1）。
　私はやっぱり日本人、お風呂が一番くつろげます。足を十分に伸ばせる縦長の湯船でありました。日本の湯船と比べると、浅く、幅もやや狭めですが、肩を沈めて下手に足を伸ばせば、溺れかねない長さでした。
　……と、bathroomの中での遠い視界の下端に黒い物体が動き、洗面台と壁の隙間に消えて行きました（＊2）。背筋に冷たいものが走りました‼ ゴキブリです。

　ゴキブリなんかは子供の頃は平気だったのです。しかし、秋田に来て清潔好きの家内と結婚したためか、地位と財産と名声を得たためか、虫の類は苦手になってしまっていました。
　秋田の家では虫を退治するのも当然、スパルタン (Spartans) な妻の仕事です。
　米国での我がapartは驚くほど清潔で、私は快適な日々を過ごしていました。
　しかし、ゴキブリ捕りのTV commercialも目にしていましたし、温暖な南部AmericaのDurhamにゴキブリさんがいないハズは無

かったのです（＊3）。

　出現したゴキブリは、クワガタ虫のようにすこぶる発育がよいものでした（＊4）。と言っても、感心するより、恐怖が先立ちました。

　頼りの家内は子供達と秋田で暮らしていますから、ここ America では孤立無援です。浴槽を飛び出して、隣の bedroom まで逃げ、体をすばやく拭いてパンツをはきました。大切な部分を無防備にするわけにはいきません。まずは防衛です。

　そして洗面台の裏の隙間から不用意に出て来たゴキブリを果敢にも slipper で射止め、おそるおそる新聞紙で二重、三重にとくるみました。

　我が apart での危機からは、とりあえず救われたのです。温室育ちで、気も弱く、運動神経の鈍い私としては上出来で、自分自身の勇気と行動を褒めたたえました。

　しかし、ゴキブリ出現はこの日だけではおさまらなかったのです。台所と bathroom には小さなゴキブリが、また、大きなゴキブリが、bedroom にまで現れました。America のベッドは床からずいぶんと高くなっているのですが、"ゴキブリが毛布の中に入って来たら" と思うと、枕を高くして就寝することはできませんでした。

　そもそも、美しい木造の apart は深い森の中にあり、私に黙想の時間をたっぷりと与えてくれていました。飛び交う意味不明な英語で気も狂わんばかりの私を癒してくれていたのです。

ところがゴキブリの出現で、黙想どころか大切な勉強、執筆もできなくなってしまいました。

　私の安心安全を取り戻すべく、supermarketにゴキブリホイホイを買いに行きました。店内は広く、どこにそのコーナーがあるかさえ判りません。店員に聞けばいいのですが、英語で"ゴキブリホイホイ（のようなもの）はどこですか？"と、尋ねるのは億劫困難でありました。
　しばらく探して、ゴキブリホイホイらしきものを見つけました。ゴキブリはcockroachというようです。小さなゴキブリ用、大きなゴキブリ用といろいろ売っています。金に糸目はつけず、大小、数種類買いました。説明書を読むと、大きなゴキブリは玄関から侵入し、小さなゴキブリは排水溝から侵入すると書いてあります。玄関近くには大ゴキブリ用、bathroomや台所には小ゴキブリ用、各部屋にもゴキブリホイホイ（のようなもの）をこれでもか、これでもか、と設置しました。
　しばらくは不安ではありましたが、それ以来、ゴキブリさんは出現せず、帰国するまで我がapartの平和は守られました。くわばら、くわばら。

（＊1）Americaではどの家庭の部屋も暗いです。欧米人は眩しいのが苦手なようで、蛍光灯などは無いのが普通です。そのためかロウソクを売っている店も多く、種類もたくさんあります。

（＊2）大きな洗面台、toilet、そして湯船の三点セットが"bathroom"であり、体の洗い場はありません。Takiさんのお家にあるのはshower roomだけでしたが、裏庭（backyard）にジャグジー（Jacuzzi）があり、蛍や星空を眺めながら入浴できました。子供部屋にも、別にbathroomがある家もありました。どうも湯船にお湯を張って家族で順番に入るという習慣は無いようでした。おそらく親子で入る習慣もなさそうです。
医者の家庭に招待された時は、必ずのように各部屋に案内されました。Audio room、training gymとかがあったりして、日本では考えられないような豪邸でした。

（＊3）TV画面一杯にゴキブリがうごめくCMがあり、"ブラウン管を壊した視聴者が続出した"とTV newsがそのCM映像とともに報じていました。

（＊4）TVで日本のカブトムシ相撲が紹介されていました。私は日本を懐かしく見ていましたが、美人announcerはカブトムシを見てweird（不気味）と言っていました。

47 Ice cream が注文できない (>_<)

　"ゴキブリホイホイ（のようなもの）"を探して入った二軒目のマーケットは、高級食材が売りの Wellspring でした。しかし、ここにも "ゴキブリホイホイ（のようなもの）" は見当たりませんでした。

　Wellspring は Duke University south 近くの小さな mall の中にありました。この mall の一角に "Ben & Jerry's" という店があり、Duke の美人女子大生がたくさん出入りしていました。
　私よりはるかに大柄な女子大生の群れは脅威ではありました。

　Ice cream のようなものを売っている店だろうとうすうすは気づいていました。Ice cream は大好きです。しかし、初めての店に入るのはめんどくさいし、勇気がいります。
　以前、Boston で ice cream shop に入った時の trauma（＊1）もありました。

　けれども、America 南部 Durham はすでにゴキブリが出現する程の暑さになっていました。
　唯一の安らぎの砦である我が apart にゴキブリが出現した絶望と暑さで、自暴自棄気味にフラフラと "Ben & Jerry's" に入ってしまったのです。

女性、もしくは couple が、何人も列をなしていました。私は全身全霊をあげて、前の客がどのように注文するか、耳をダンボにして聞いていました。

　どうやら、ice cream の量り方は"スクープ (scoop)"というらしい、しかし、それ以外はほとんど聞き取れません。壁には menu 板が掲げてあり、容器の種類には cup、paper cone と waffle cone があるようでした。

　私は almond が入った ice cream が好きなので、vanilla と almond 入りを one scoop ずつ注文してみました。けれども、vanilla ice cream は想像通りのものを食べることができましたが、almond 入りとは別の種類の ice cream を食べさせられることになってしまいました。

　まあ "Ben and Jerry's" に入り、ice cream を注文した自分の勇気には少しだけ満足しましたし、味は絶品ではありました。

　しばらく "Ben and Jerry's" で注文するという挑戦を続けましたが、望みの ice cream が出てくることはありませんでした。

　私は潔く英会話は諦めて、"This one, this one" とケースを指差して、最後に waffle cone と付け足すことにしました。運用による対応です。

　物事には、こだわらなければいけない事象（＊2）と、運用で対応してもよい場合（＊3）とがあります。

（＊1) 地球の歩き方に、Boston の名物というとクラムチャウダー (clam chowder) と ice cream とありました。それだけ America には美味しい料理が無いということでもあります。

Boston の宿泊先の hotel の近くにある小さな ice cream shop に、とりあえず入った時のことです。客は私だけで少しホッとしました。

店員は若い女性で、長い髪は栗毛色、優しく上品な顔立ちでした。おそらくは良家子女のバイト大学生でしょう。

何を、どのように注文してよいか判らなかったので、"バニラ ice cream" と言ってみました。彼女は困惑の表情を浮かべました。

もう一度、大きな声で "バニラ ice cream" と言ってみました。彼女は綺麗な顔を曇らせてさらに困惑しています。

私も困りながらも "Banira ice cream !!" と連呼していました。しばらくそうしていると、彼女は小さなカップに入ったバニラ ice cream 出してくれました。やっと理解してもらえたようでした。

後で調べてみると、バニラは vanilla で、しかも名詞にもかかわらず、accent は真ん中（nil）でした。ジャパングリッシュが絶対に通用しない pattern です。

（＊2) 今は大学教授、Apollo 11 号の同時通訳で有名になった鳥飼玖美子氏の米国 homestay 体験記（『こんにちは鳥飼玖美子です』ジャパンタイムズ〈1971〉）に書かれていました。話はうろ覚えですが次のようなものです。

Homestay 先の家人が彼女の何かの発音に毎回微笑むのに気づき、彼女

が問い詰めると、"Kumikoの発音は外国人らしくて、とても可愛らしいのよ"と慰められました。そこで彼女は、家人の前で、大泣きをしたと言います。

"正しい発音を習いに来ているのだから、間違いはキチンと指摘してほしい"と言うのです。

それ以来、家人は全ての発音を注意してくれるようになったと言います。

凄い話、凄い闘争心だと感心しました。

(＊3) 以前 Duke 大学で学会発表のトレーニングを受けた時に、何度練習しても、"○○ years old, female" の "y" サウンドを発音できない外国人（日本人）がいましたが、指導教官は "○○ aged, female" と変更しました。要するに practical に困らなければ気にしなくてもいいのですね。

Perkins library

48 本学図書館日本語 corner があることは知っていた…

　Duke University Medical Center は入院棟、外来棟、研究施設とで構成されています。研究施設は設備に応じて家賃を払う system であるため、金回り（＊1）の良いラボ、つまり実績をあげているラボは高い研究室を借りているので、すぐにそれぞれの実力が判ってしまうそうです。

　Radiology（放射線学）は入院棟の中にありました。Bone section は Helms 教授が chief に就任して以来、金回りが急に良くなり fellow は増えていましたが、読影室は以前のままに狭いところでした。

　私は bone section に机も居場所も無かったので、医学部図書館三階で見つけた無料 locker に MacBook と教科書を詰め込んで、"肩関節の MRI" の執筆に勤しんでいました。ケチって借りた安い駐車場と図書館との間は遠すぎて、重い荷物は運べなかったのです。

　図書館には "no drink, no food" とありましたが、誰もが水筒やマグカップ (mug) で水は自由に飲んでいました。

　図書館の中には、一人用の小部屋（＊2）がありました。入るといつも食事をした形跡があったので、普段は図書館の terrace で食事をしていたのに魔が差して個室で食べることにしました。

　けれども、隠し持った chicken burger を図書館入口で係員（＊3）

に見つかって、咎(とが)められてしまいました。

　こっそり（sneaky）持って入ろうとしたのが明らかだったので、申し開きができませんでした。日本人留学生として、非常に恥ずかしかったです。

　その後も目をつけられてしまい、意味も無く検閲されて不愉快な思いをしました。

　また、個室では気持ち良く寝てしまうことも多かったです。そこで緊張感のある大部屋（＊4）で仕事をすることにしました。

　図書館の各階には冷たい飲料水が出る給水器があり、眠くなった時は、この冷たい水で顔を洗って睡魔と戦いました。

　留学してから芽生えた大和魂で頑張りましたが、それでも眠気に耐えられない時は、盗難防止のため MacBook を chain lock で机に結びつけて、素晴らしく美しい、心安らぐ Duke 大学構内の散歩に出かけました。

　さて、群馬大学から小児放射線科に留学されていた Minako 先生から、煉瓦造りの全学図書館内（Perkins library）に日本図書 corner があることは聞いていましたが、入館のしかたが判らず、行くのがめんどくさくて try せずにいました。

　けれどもある時矢田先生から、日本の新聞、週刊誌、少年ジャンプまであると聞き、地下二階の奥深くに存在する日本図書 corner まで連れて行ってもらいました。

そこは、独力でたどりつくのは不可能な場所に存在していました。Sofaが置かれた部屋もあり、快適この上ない所でした。

　私は二週間遅れの日本の新聞・雑誌に狂喜乱舞して、むさぼるように読みました。書架には昭和初期からの文藝春秋まで保存されているとのことでした。

　図書館地下二階の広い書架の奥ともなると閑散としており、rape事件があってもおかしくない程、人影もありませんでした。もっと早く来ていればよかったと思った反面、最初からここに入り浸っていたら、私はダメになっていただろうとも思いました。万事塞翁が馬です。

　図書館は日曜日の午前中以外、年中無休でした。

　とある日曜日の午後、森の中にあるapartからわざわざこの図書館まで来てみると入口に休館の張り紙がしてあり、ガッカリ呆然としていました。

　するとmountain bikeに乗ったmachoな感じの女子学生がやって来て、その張り紙を見ると"Jo--king"と吐き捨てるように言い放ったのです。

　そのintonationは日本語の"冗談じゃー、ねぇよ！"と全くいっしょでした。言葉に乗せる感情は、米国人も日本人も同じであることを実感しました。

(＊1) Lab (laboratory; 研究室) や section (各部門) の金回り。お金は教育・研究計画表を提出して、過去の実績から貰えるようです。Grant を稼ぐと言っていました。親分は grant を稼いで研究室を借り、人を雇い、より業績をあげます。

(＊2) 個室についている小窓から、床に伏せて祈りを捧げているイスラム教徒を垣間見てビックリしました。中東からの留学生でしょう。一人でも隠れて祈ることができる Islam 教徒、恐るべしです。
"Allah は偉大なり" と叫びながら爆弾の switch を入れる自爆テロ (terrorism) と "天皇陛下万歳" と言って桜散った特攻とは似ていると私は思ってしまうのですが……。

(＊3) 日中は大柄で義足の黒人図書館員がいました。戦地の地雷で足を失ったのでしょうか。いつも不機嫌な顔をしていて怖かったです。

(＊4) FM / AM WALKMAN で Sunny 93.9 の soft rock をいつも聞きながら仕事をしていました。Native 同士で飛び交う英語は気も狂わんばかりに堪えがたかったのですが、radio から流れる英語は快いものでした。英語が聞き取れる日が来ることを、私は諦めていませんでした。私の性格は熱しやすく、冷めにくいのです。

49 勇気を出して散髪に行く

　Duke 大学の放射線科は画像診断だけをしていて、核医学と放射線治療は別の建物に存在していました。放射線科はさらに八つの部門に分かれていて、私が留学していたのは Helms 教授を chief とする bone section でした（＊1）。

　America ではどんな偉い人でも first name で呼び合うと聞いていましたが、Dr. Helms を "Clyde" と呼ぶ職員は、なぜかいませんでした。
　台湾出身の America 人、John に "なぜ first name で呼ばないのか？" と聞いたところ、"とても呼べないよ" というのが答えでした。
　矢田先生の所属する Crazy lab の親分も、first name で呼ぶのが当然とのことでした。そこには阿吽の呼吸があるらしく、Dr. Helms 以外は first name で呼び合っていました。
　America 人にとって Ryuji という発音は難しいらしいのですが、全員がすぐに Ryuji という発音を master してくれたのは嬉しかったです。
　それが礼儀のようでした。

　Dr. Helms は Duke University Medical Center 医師用の白の jacket を羽織り、助教授の Nancy 夫人は高級ワンピース (one piece) の上

に時々は白衣を羽織っていました。

しかし、それ以外の放射線科医は値段のはりそうなワイシャツ（dress shirt）にネクタイ（tie）という出で立ちでした。そもそも白衣姿というものが稀なので、誰が看護師かも判りませんでした。

ただ、医師は neat（小ざっぱり）で、小綺麗で elite の雰囲気を漂わせていたので、何となく判りました（＊2）。これまた John に "neat であることは要求されているのか？" と聞いたところ、やはり、"何となくそういう雰囲気なりだ" ということでした。

Duke 大学の医師全員が neat に散髪をしていました。
そこで私も散髪に行くしか選択肢が無かったのです。散髪屋に行くのにも勇気がいります。

清水の舞台から飛び降りる覚悟で入った最初の店は、通勤途中にありました。店に入ると店員の男性が一人いて、他のお客はいませんでした。

英語はほとんど喋れなかったので、"hair cut" と言って、ただ散髪をしてもらいました。髪を洗う時は、椅子が後ろ向きに倒れるのが America 流です。髭剃り、耳掃除、massage は無く、cut は 10 分で終わって、"10 dollars" と言われるままに支払いました。

後から考えると chip を払うべきであったようですが、英語もろくに喋れない東洋人相手のためか、嫌な顔もされず、お互いに "Thank you" と言って初めての散髪は無事に終了しました。

ところが、その店はすぐに閉店してしまったのです。それで、森の中に散髪屋らしき小さな一軒家を見つけて入りました。
　そこには、数人の店員と他のお客さんもいました。しばらくのやりとりの後、Mary というオバサンに散髪をしてもらうことになりました。Mary オバサンは話し好きで、30 分間の散髪の間中ずーっとお喋りを続けてくれました。America 人は沈黙を嫌うと言いますが、その通りで、私にとっては良い英会話の練習になったものです。

　Bone section は英会話を練習するなどという雰囲気はまるでありませんでした。職場で英語が喋れないということはありえないことだったのです。画像診断だけは、他の resident や fellow に教えることができたので、かろうじて生存できたというわけです。

　Mary はどうやら、週に数回だけ店の一部屋を借りて独立して働いているようでした。散髪代は＄18 でしたが、二回目に行った時には chip を払うべきことが判っていましたので、＄20 払うと Mary は本当に嬉しそうな顔をしてくれました。
　"また指名予約をしてくれ" と言ってくれたので、留学中は Mary に毎月散髪をしてもらっていました。散髪してもらいながら、英会話の練習ができて＄20 は安い！と思いました。

　Taki さんに "散髪屋さんの予約をする" と言ったら、"佐志先生は予約をするような高い店に行っているのか？" と驚かれました。予約

が必要な店は高級なのでしょうか？

"帰国が近づいている" と言ったら、Mary は "Ryuji は日本に帰ったら、どうやって英語の勉強を続けるのか？" と聞かれました。親しくなった America 人達からもほとんど同様の質問をされました。

America に来て、英語を一生懸命練習して、America 社会に馴染もうとする態度に対して敬意を払うということのようです。

Cuba からの亡命者で Duke 大学の Top resident（＊3）にもなれた S 教授の Cuba 訛りの英語を、bone section の秘書は "Miserable！" と言っていました。努力して進歩する過程が大切のようです。

ちなみに、帰国してから私の英語力は元の木阿弥になりました。残念!!

（＊1）日本の大学教授にあたる人は chair man（主任教授）と呼ばれます。上任教授はユダヤ人でもともと chest section 出身の Dr. Ravin でした。Chest の chief はこれまたユダヤ人の Dr. Goodman で、名古屋市立大学の原囗呼吸生を介して、私を最初に Duke 大学に招いてくれたのです。Dr. Goodman は、Dr. Helms と California 州立大学 San Francisco 校時代からの親友ということでした。Dr. Goodman は私を Helms 教授に紹介してくれ、留学の仲介もしてくれました。

（＊2）何となく判ると言えば、John は、"ユダヤ人 (Jewish person) はユダヤ人だと何となく判る" そうです。日独伊三国同盟の関係で日本人を毛嫌いするユダヤ人がいると聞きましたが、Duke 大学のユダヤ人医師とそ

の家族はむしろ私に親切でした。実際は金髪で青い目をした白人のほうに、冷たい雰囲気を感じました。

小学生の時に台湾から移民して来た John は bilingual で、外人（日本人）の気持ちも判るようでした。親切な John は私のどんな質問にも丁寧に答えてくれました。

Helms 教授も昨年来日された時に、"John は本当にいいやつだった" と述懐されていました。

（＊3）放射線科の廊下には、映画 "Top Gun" の one scene で出てくるような歴代成績優秀者の metal plate が飾られていました。

50 危険な散歩

　前述していますが、私が借りていた apart は、America 南部 North Carolina、Durham の深い、深い森の中の、丘陵地に作られた apart 群の一角にありました。

　まるで、お伽の国の世界のようでした。

　Durham を知り尽くした Taki さんが、留学前から厳選してくれた apart でした。留学生にとって apart 選びはたいへんな仕事なので、私は最初からツイていたのです。

　Apart は Durham と Chapel Hill（＊1）の中間にあり、Duke 大学へは、車を 40 マイル（64km/h）で走らせて 20 分程でした。

　高い木々の間から漏れ落ちてくる光の底を車で走っていく通勤は、なんとも気持ち良く快味があっていいものでした。私はその都度、America 留学の幸せをかみしめたものです。

　私が住んでいた apart は pension のような木造三階建てで、丘の斜面に建てられていました。私が借りていた部屋は真ん中の階でしたが、駐車スペースと連結していたので地上一階の感覚で入室できました。

　丘の斜面からの見晴らしも素晴らしかったです。木製の terrace に

出ると、森の中に点在する家屋が見え、細い小川もその中に見え隠れしていました。America の木々は背が高いので、terrace のすぐそばでリスが遊んでいる姿も楽しむことができたのです。

　各 apart には必ず煙突がありましたが、それはこの付近の apart が高級であることを意味していました。365 日 24 時間、冷暖房が全室に行きわたっていたので、暖炉を焚く必要はありません。実際に煙がのぼっている煙突は、一つか二つしかありませんでした。

　とある晴れた土曜日の午後、気分転換に仲良しの佐藤夫妻（＊2）の家を目指して散歩に出かけました。
　佐藤夫妻は rich で、一戸建ての平屋を借りていました。通常は車で行き来していたのですが、歩くのに良さそうな別 route で行く佐藤家までは、おおよそ徒歩 30 分であろうと予測していました。

　けれども方向音痴の私は、案の定、道に迷ってしまったのです。森の中で迷ったと言っても、住居がたくさんあったので遭難の心配はありませんでした。とは言え外人（America 人）ばかりが住んでいるところなので、気楽に声をかける気にはなれず、途方にくれました。
　これ以上、うろうろしていると暗くなってしまうと不安がつのりました。さらに恐ろしいことに、私は便意を催したのです。私は tissue paper（＊3）さえ持っていなかったのですが、そんなことは

二の次と思えるほど、事態は深刻化してきました。

　私は"出したい時が、出たい時、即○×○カレー……？♪？♪"の大腸を持っています。どこでもいい、ただ、なんとかズボン (pants) の外に出したかったのです。
　ここは深い森の中です。どこかに、誰からも見られない場所があるはずと確信して、辺りを探し歩きました。

　ところが……、無いのです。どこへ移動しても、どこかの前の態に面しており、死角が無いのです。さすがに治安が確保されている高級住居群でした。地域が、そのように設計、工夫されていることを理解しました。そうでもなければ、女性も男性も安心して散歩できないのでしょう。

　Duke 大学の campus の中でも、危険な場所はありました。実際、どこかの大学の campus 内で発生した rape 事件を TV news で報じていたこともありました。

　"キジを撃つ場所"を探して彷徨っているうちに、我が apart に続く、見覚えのある道に運良く出ることができました。あぶら汗が出て、蒼白状態ではありましたが、限界に達する直前に、我が apart にたどりついたのです。

一気に用を済ませながら、私自身と日本の名誉を保てたことに心から安堵しました。まさに危機一髪の散歩でありました。

(＊1) Chapel Hill：州都の Raleigh、Durham、Chapel Hill の三都市を中心に Research triangle と呼ばれる high tech 研究開発拠点が存在していました。Durham は golf course があるだけの田舎にしか見えないのですが、実は博士号を持つ人の人口密度が全米一高い地域でした。広大な森の中に研究所がたくさんあるようでした。

(＊2) 佐藤夫妻
ご主人は英語の先生で、富山から Duke 大学にいらしていました。とにかく優雅に America を満喫なさっていらっしゃいました。

(＊3) Tissue paper（ティッシュ・ペーパー）：予想外の事態は突然、襲ってきます。人として、tissue paper くらいはいつも身につけていたいものです。

51 帰国までの countdown

　家族を日本に残しての米国留学でしたから、VISA は三年間を一年に短縮して申請していて、本来なら 6 月末の帰国予定でした。
　しかし、だんだんと America 暮らしも余裕ができて楽しめるようになったので、帰国するのがもったいないと思うようになっていました。

　Helms 教授は好きなだけいても良いとのこと、W 教授は早く帰って来てほしいとのこと。早く日本に帰りたいという気持ちも、内心に強くありました。

　それで、一ヶ月だけ滞在を延長することにしたのです (＊1)。
　私以外の fellow 達は 7 月から入れ替わる予定でした。親切な John はしきりに地元 Texas に遊びに来いと声をかけてくれたのですが、本当に残念ではありましたが断りました (＊2)。

　普通ならゆっくり America 旅行をしたいところでしたが、すでに"肩関節の MRI"の執筆は佳境を迎えていましたし、Duane、矢田先生との New York 旅行、矢田先生との Florida Key West 旅行の予定もすでに入っていたのです。贅沢な話でありました。

Durham に来て、Taki さんに最初に言われたことは "America に来て一年経つ頃にやっと生活に慣れて、帰国準備（relocation）が上手くできるようになる" でした。
　要するに普通の日本人は、一年間だけの留学で本格的な勉強をしたり、業績をあげたりするのは無理だということです。一年間の留学では環境に慣れるのが精一杯。留学気分を味わい、五体満足に帰国できれば上出来なのです。

　Tough で英語力が無いと留学は楽しくありません。精神気弱、体力虚弱の私が異国の地 Durham で、一年間も survival できたのは Helms 教授、fellow の John、Taki さん、矢田先生、黒人青年 Duane 他、皆さんのおかげでした。
　私の人徳はもちろんでしたが、とにかくツイていました。

　Uda さんのおかげで英語学習の準備はできていましたが（＊3）、やる気と listening 能力が無いと、飛び交う英語が全て雑音になってしまい、英語上達は望めません。もっとも、超一流の Duke 大学で稼げるほどの英語力は私にはありませんでした。

　Taki さんから教えてもらった Japan express（日本人が対応してくれる）に電話をして、7月26日帰国の ticket を購入しました（＊4）。
　帰国までの二ヶ月の countdown が始まりました。日本からの荷物は安い船便にしたために段ボールを cutter で切られて、ひどい目に

あったので、今度は信頼できるクロネコさんに引っ越し荷物をお願いすることにしました（＊5）。

　Atlantaから中年の日本人男性が大小の丈夫な段ボールを一ヶ月前に持って来てくれて、7月24日に集配をしてくれるとのことでした。

　それまでにゆっくり荷造りをすればいいと親切に教えてくれました。Atlantaのクロネコさんは、南部Americaを巡回しているようです。世の中にはこんな風に暮らしている日本人もいるのだと、感慨ひとしおでありました。

　それから、問題は日本への"おみやげ"です。あれこれ探してみましたが、ろくなものは見つけられませんでした。思案の末、夢のあるサクランボ（日本でいうAmerican cherry）を米国から宅配で送ることにしました。巨大サクランボは美味しいと好評でした。

　さらに、電話、apart、車の保険の解約、車の売却……と、やらなければならないことはたくさんありました。

　航空券を買って帰国までのcountdownが始まったら、power downしていた大和魂が回復してきました。一日一日が、貴重で、充実していました。

　人生は日々、countdownです。

(＊1) Duke大学の留学者centerに相談に行くと、一ヶ月の滞在延長ならVISAは書き代えなくてもよいと説明され、本当にホッとしました。書類事は大の苦手です。

(＊2) 台湾出身のJohnは、英語が判らず差別にもあった私を陰になり日向になり助けてくれました。私にとって台湾はたいへんな友好国です。何かあればひと肌脱ぎたいと思っています。

(＊3) Udaさん："30音でマスターする英会話"参照。
http://www.uda30.com/

(＊4) 帰国便のAmerican AirlinesはJALと提携していて、羽田→秋田便が無料serviceとなっていました。しかし、私はJAL秋田便の乗り継ぎに遅れてしまって、このドタバタのために成田で帰国の感動、喜びを満喫するという予定が台無しになってしまったのです。

(＊5)帰国の際は、日本雑貨店"ハトヤ"で貰える無料口コミ新聞"U.S.フロントライン"に助けられました。Atlantaのクロネコも、ジャンボサクランボもこの新聞の広告で見つけたのです。

52 大都会 New York へのお別れ旅行

Taki さんの紹介で友人になったインテリ黒人青年 Duane が、二泊三日の大都会 New York へのお別れ旅行を計画してくれました。

高速道路片道八時間の drive です。矢田先生もいっしょでした。運転は New York に慣れた Duane がしてくれます。

Duane は New York が好きだと言います。"なぜか？" と聞くと "New York は何でもありで、自由だから" と言いました。New York ではどんな変人奇人でも普通の人でも、誰も "肩がこらない" 街らしいのです。

肩がこらないのは、Duane がちょっと変わった黒人であることが関係しています。保守的な米国南部の田舎では、変人のインテリ黒人が暮らすのは窮屈なのかもしれません。

一泊目はカジノ（casino）がある Atlantic City 近くの motel に泊まりました。三人で $62 でした。

矢田先生と casino に行ってみました。矢田先生が slot machines に挑戦しましたが、一瞬にして数 dollars が無くなりました。

私は賭け事に縁が無く（＊1）、casino にも全く興味が無かったのですが、学生の頃

Duane といざ出発、愛車黒の Stanza。

よく聞いたSalina Jonesのconcertをちょうどやっているのには心惹かれました（＊2）。時間もticketも無かったのは、とても残念でした。

空につきささるbuilding

　翌朝、New Yorkに着くと、どこからともなく白人美女が現れてカギを渡してくれました。Duaneとはどういう関係なのでしょうか？
　どうやら留守中のDuaneの友人の家に泊まる計画のようです。留守中に、家ごと、友人男性と知らない日本人に自宅を使わせるという感覚が私には理解できませんでした。
　ともあれ、たどりつくとオシャレな一戸建ての立派な家……と、安堵したのもつかの間、copyして貸してくれたそのカギが使えないのです。Duaneが携帯であちこちの友人に電話してくれて、ようやくその晩はDuaneの別の友人の家に泊まることが決定したようでした。
　その場でDuaneと別れて、矢田先生と相談の結果、Broadwayの

矢田先生に頼んで、私も記念撮影。
Duke Medical Center のお気に入り T-shirt を着ている。

musical と自由の女神を観に行くことにしました。日本人が考える New York です

Musical は "CATS" を観ました。全米の"お上りさん"と世界中の田舎者が劇場に集まって来ていることは直ぐに判りました。ただ何を喋って歌っているのか全く判らず、矢田先生と私はすぐに爆睡しました。

矢田先生と私はお互いに失敗を口にすることなく、地下鉄を乗り継いで自由の女神を観に行くことにしました。

自由の女神は Liberty 島という島にあるということを、その時に初めて知りました。ところがフェリー (ferry) を間違って、Staten 島に行く無料 ferry に乗ってしまいました。往復一時間の、大失敗の後悔の旅路でした。

しかし、後で調べてみると、この ferry から観る自由の女神と

Manhattan 見物も素晴らしいと書いてあったのです。もっと楽しんで鑑賞すればよかったのです。あまりに準備不足なお別れ旅行でありました。

夜に泊まりに行った Duane の友達の apart は、白人の影も形も無い、おそろしく危険な地域にあり、まずは車の中の荷物を空にしました。

Ferry から観る Manhattan 島、なるほどいいぞ!!

間違って乗った ferry から観る自由の女神。
理由は判らないけれどゴッホ (Gogh) の絵のような写真。

自由の女神を眺めるご夫妻。これは狙って撮影。狙ったとおり。満足。

間違って乗った船の上で私。青空だった。

狭く汚い apart に入ると、すでに寝てしまっている中学生の娘さんがいます。奥さんとは離婚したと言っていました。

Duane の友人は私と矢田先生に"自分の家だと思ってゆっくりしてくれ"と言って、夜の Manhattan に遊びに行ってしまいました。そして、朝になっても帰って来ませんでした。

目を覚ました娘さんがビックリしたのは当然です。東洋人のオジサンが狭い部屋に二

人もいるのです。目を丸くするとはあのことを言うのでしょう。

こうして、America のかなり底辺に近い New York の apart で一夜を過ごしました。それにしても、米国人の友人のおおらかさにはビックリしました。

ブランチをみんなで食べましたが、"CATS を観に行った" と言ったら、その友人はすかさず "What's? CATS!" と驚いて叫びました。

軽蔑が込められたその発音は、今でも耳に深く残っています。愚かな観劇だったことを再確認しました。

"世界中で人間の喜怒哀楽は同じ" は、今回の留学で得た貴重な教訓でした。

America 最南端 Cuba まで 90 マイル。

しかしこの旅行で、日本人には想像を絶する "寛容さ" もあることを知りました。それが、Duane がくれた最高の present だったのです。

(＊1) 私は、パチンコも麻雀もやったことがありません。賭け事は女にもてない人間がやるものだと思っています。

(＊2) Salina Jones：白（人）っぽく歌う黒人 jazz singer。聴きやすい。

53　America 最南端 Key West に行く

そろそろ帰国の時が近づいて来た頃、大親友の矢田先生と、America 最南端の Key West に旅行することになりました。

日本で矢田先生と出会っていたなら、友達止まりであったと思います。孤立無援の留学生活の中で、助け合った心の絆は堅いのです。

矢田先生はまだ America に残って研究生活をするのですが、私が帰るということで、Florida Key West への二泊三日旅行を計画してくれました。米国人にとっても Key West はトロピカルな雰囲気で憧れの観光地です。晴れた日には Cuba が見えると言います。

別荘地 Miami、蚊で有名なエバーグレイズ（Everglades）国立公園にも行く盛りだくさんの計画でした。

Florida、Orlando の Disney World は前述のように Christmas 休暇に満喫していました。Miami は巨大 "熱海"、Key West は巨大 "天橋立" でした。America は何でも大きいのです（＊1）。

そして、Key West はゲイ（gay）が老後を過ごす温暖の地でもあります。

この Key West に一泊、Miami に一泊の二泊三日の旅行は、矢田先生が航空 ticket、rental car、motel ……と、全てを準備してくれました。

矢田先生は超多事多忙の実験生活を送っていたので、この旅行は

準備も含めて、たいへんな present でありました。

　おそらくは私の apart で美味しいカツ丼、モロモロを、毎週ご馳走していたことへの、矢田先生からの気持ちであったと思います。一重に私の人徳です。

　Taki さんいわく、Miami は"危ない"でした。調べてみると、飛行場から rental car 乗り場までも危ないのです。Rental car を守備良く借りられても、危険地域でエンストでもすると新婚カップルはたいへんな目に遭うとのことでした。

　Taki さん自身が救出したこともあるとも言っていました。特に passport を持った日本人観光客であることを見破られると危険らしいのです。

　Miami は、米国犯罪発生率一位の都市でした。Miami 空港に到着すると、そこはヒスパニックの世界で、スペイン語らしき言語が飛び交っています。

　無事 rental car を借りて、高級 resort の Miami beach にたどりつきました。好天にも恵ま

世界一綺麗な夕陽。
残念(;ﾟ_ﾟ:) どうもカメラの設定がまずかった。

れ、巨大"熱海"とオシャレなcafeを楽しんだ後に、一路Key West に向かいました。運転はもちろん矢田先生です。私は小心者なのに加えて、車の運転もド下手なのです。矢田先生あっての米国drive旅行でありました。

　Caribbean海に突き出た巨大"天橋立"のKey Westを走り続けます。予想外に見晴らしは悪く、海がよく見えませんでした。
　TVで車が海上を突っ走るCMを観るといかにも爽快なのですが、あれはhelicopterから撮影するからカッコよいのであって、実際の車の中からは横目に時々海が見えるという程度だったのでちょっとガッカリしました。いや、というよりも期待が大きすぎたのです。

　その後すぐに、世界一綺麗な夕陽を観ることができるという、帆船cruisingに出かけました。確かに帆船で観る夕陽は綺麗ではありたのですが、心の中の世界一という期待からすると、内心ガッカリしていました。
　そういえば、矢田先生の機嫌も悪いのです。それが、その後に夕食を食べると、矢田先生の機嫌が急に良くなりました。
　その時判ったのですが、矢田先生は、お腹が空いていると機嫌が悪くなるのだそうで、それは子供の時からなのだそうです。この時は私に食欲が無く、夕飯が遅くなったのが原因でした。
　暮らしてみないと判らないことはたくさんあるものです。長時間いっしょにいる旅行では、お互いをよく知ることができます。

ヘミングウェイの家のネコ。ネコもアメリカン。

　夕食後の shopping で、イルカの T-shirt をたくさん買いましたが、後で値段を見ると高い買い物でした。

　Miami の高齢者はたいてい gay です。Gay は心優しく、人当たりがいい人が多かったです。我々二人も、当然 gay couple と思われていたはずです。

　翌日は、お目当てのヘミングウェイの家に行きました。やはり管理人は gay でした。庭には pool がありましたが、ヘミングウェイが住んでいた当時は水を Florida 本土から運んでいたようです。
　なぜか、たくさんのネコがいます。ヘミングウェイがいた当時から、ネコはたくさんいたそうです。
　よく見ると、ネコも顔つきが微妙にアメリカンです。高校生の時

に"老人と海"（＊2）を読んでいたく感動しましたが、ここの書斎で書かれたのか思うと感慨深いものがありました。

エバーグレイズ国立公園で万歳。何も無い。

巨大熱海の Miami beach。矢田先生。

　America 最南端の碑に立ち寄ってから、エバーグレイズ国立公園に行きました。ワニが見られるという観光船には、シーズンオフで乗れませんでした。他の観光客さえ誰一人いなかったのです。
　途中、車を降りて周囲を眺めていたら、突如、蚊の大群が雲のよ

うに現れました。我々が出す二酸化炭素に反応して押し寄せるそうでした。慌てて車の中に逃げ込んで、蚊取りスプレーで入り込んだ蚊を殺すと、フロントガラスは蚊の死骸でびっしり埋まりました。またまた恐ろしい思いをしたものです。

　夕方、MiamiのhotelにたどりつきMIA、危険をかえりみず近くのrestaurantで食事をして、翌朝、無事Durhamに戻りました。無事が何よりです。
　結局、期待外れも多い旅行ではありました。ただ、大親友矢田先生と二泊三日の旅行ができたことが、人生の宝となりました。

(＊1) とにかく桁が違う大きさなのです。Beachが水平線と地平線かなたに消える大きさ！America大陸、凄い!!

(＊2) 本や映画は心に残りますが、インターネットやTVはむなしさが残ります。なんででしょう……。

54 米国留学 最終回

　いっしょに働いた fellow 達は皆一年契約で、7月から新天地に向かいます。

　Helms 教授主催のお別れ会は、Durham 最高級の restaurant で行われました。例によって伴侶付 party（＊1）です。

　Cuba 出身の Sal 教授が高い wine をバンバン飲んで、支払いをする時に Helms 教授の目が点になっていました。Fellow 達には Duke 大学の名入りの高級万年筆、私には Rosewood の置き時計が present されました。

　私は一ヶ月滞在を延ばして、残りの仕事をしました。

　断ってしまいましたが、John が繰り返し Texas の実家に遊びに来いと誘ってくれたのは嬉しかったです。

　帰国直前には、イギリス（United Kingdom）の BBC 放送がまるで違う英語に聞こえたのには、我ながら感動しました。英語はかなり上手くなっていました。"上達" をみんなにはめられました。英語をほめられたのではありません。英語を勉強して America に溶け込もうという私の "姿勢" をほめてくれたのです。

　"車の保険会社（AAA）に帰国の挨拶をしに行ってきなさい" と Taki さんに言われたので、無事だったことと、America への感謝の

気持ちを込めて"サヨナラ"を言ってきました。

　前述しましたが、後日、余分代金の小切手が秋田大学に送られてきたのにはビックリしました。Americaは多様性の国です。律儀で親切な人は限りなく優しいのです。Americaで受けた数々の親切は、私の人生観を変えてくれました。

　私が買った車、StanzaはTakiさんが高く買ってくれました。最後の最後までTakiさんにはお世話になりました。

　ずぼらが災いして、危険な事態に何度も遭遇しましたが、運良く乗り越えることができました。大破綻が無かったのは奇跡的でもありました。

　Helms教授、台湾出身のJohn、Takiさん、矢田先生、Duane……友人に恵まれ、留学気分を満喫しました。Life workの"肩関節MRI"もなんとか出版までこぎ着けそうでした。

　海外留学は貪欲な人間がするものです。一方、病弱・臆病・意志薄弱で、無欲・謙虚・眉目秀麗だけが取り柄の私です。

　しかし、米国留学への憧れは強いものでした。学術講演会では必ず、講演者の出身大学、業績とともに海外留学歴が紹介されます。"羨ましいなぁ"と思いつついつも聞いていました。

　留学して学問的実績をあげることができる人は稀です。学問的実績だけなら、今の日本でも十分にできます。

　しかし、"留学気分"は留学しないと味わえないものです。

帰国直前に電話、apart 契約の解除をしました。空になった apart のカギを閉めた時は、感無量でした。

　最後の晩は矢田先生の apart に泊まり、翌朝 Rally-Durham 空港まで送ってもらいました。America に残る矢田先生と固く握手をして別れました。

(＊1) Party の案内にはたいがい、"spouse（配偶者）といっしょに"とあります。
独身のハズの attendant（准教授以上）もわけの判らない女性を平気で連れてきます。連れてこられた女性も、シャーシャーと飲み食いして普通に party に参加するのです。文化の違いでしょう。同伴者がいると仕事の話（愚痴）になりません。America 流生活の知恵です。
ところで attendant と言えば世話人のことです。John に "なんで attendant と言うのや？" と尋ねたら、"判らない" との答えでした。Resident や fellow の世話をするから attendant なのかもしれません。

番外編　Helms夫妻、秋田での四泊五日の理由

1. 第18回骨軟部放射線診断セミナーの当番幹事になる

2005年11月のスポーツ医学界に参加した時に、長崎大学の上谷雅孝教授から2007年8月の骨軟部放射線診断セミナーの当番幹事になっていると教えられました。

たいへん名誉なことではありますが、忘年会の幹事でも町内会の役員でも、一生懸命やったのに文句を言われることもままあります。

上谷先生は、"僕は、終わったもんねぇー"と涼しい顔をされています。"膝MRI"（医学書院）の著者で友人の新津守教授からは、"いずれは当番幹事をやらされることになる"と言われていました。

私は温室育ちで、繊細で、不安神経症で小心者だから、"幹事"などを自分から買って出ることはありません。

世の中にはこのようなイベントを苦も無くやってのける才能がある人もいます。けれども私の場合、まあ、やれと言われるとかろうじてできますが、小心者だから憔悴してしまいます。

このセミナーは、film reading session（＊1）と教育講演で構成されています。セミナーのthemeは"先輩から後輩へ伝える撮影・読影の基本"としました。

また、私が編集・執筆した"骨軟部画像診断の勘ドコロ"（Medical View 社）の執筆者の先生方に教育講演を頼むことにしました。
　幸い、お頼みした先生方は全員講演を引き受けてくれました。格上の先生にお願いするのは恐縮の至りではありました。

　ところで、このセミナーでは、しばしば外国人講師を招待します。そこで私が米国留学した時の恩師である Helms 夫妻にお願いしようとすぐに思いつきました。
　留学中お世話になったことに対しての絶好のお礼の機会になりますし、何よりも講演が素晴らしいからです。
　Clyde A. Helms 教授の "Fundamentals of Skeletal Radiology"（邦訳：骨関節画像診断入門）は、世界中でベストセラーになっています。
　奥様の Nancy M. Major 先生もバリバリの musculoskeletal radiologist （骨軟部放射線医師）で、日本人にも判りやすい出版もお話しになり、著作も多い教育者です。
　セミナーの招待外国人講師としては申し分ありません。おそるおそる mail をしたら、日本に来てくれるという返事でホッとしました。

　セミナーが近づくと、Helms 夫妻の旅程表が届きました。8月16日木曜日夕方秋田着、8月20日月曜日朝秋田発とあります。
　米国からわざわざ日本までくるので、てっきり東京とか京都とかにも行くのかと私は思いこんでいました。

ところが、Helms夫妻はずーっと秋田にだけ滞在するらしいのです (@_@;) (@_@;)。

秋田で生活をしていると英語を話す機会は全く無いので、英会話の練習は全くやっていませんでした。

米国留学中に少しは身につけた英語力は、完全に失われています。正直に言えば、英語での四泊五日の接待は辛いと思いました。

日々の仕事に追われ、結局、必死に英会話の練習を始めたのは、Helms夫妻が来日する一ヶ月前からでした。

選んだ教材は、再び、Uda先生の"30音英語リズム（DVD）"でした。

これは音声だけでもダウンロードできて、iPodで聞くことができるのです。朝から晩まで繰り返し聞いていました。いつもの"付け焼き刃、泥縄"ですが、私の芸風と言えば芸風であります。

今までもなんとかやってきたので、これからもなんとかなるという甘い考えです。

（＊1）Film reading session : 確定診断がついている症例写真を各施設代表の回答者に読影してもらい、基本的には所見を拾い、解釈し、診断に至る過程をpresentationするものです。

知性を競う"当てっこクイズ"的な要素があります。放射線科医にはたいへん勉強になるものです。北米放射線学会で行われるfilm reading sessionは素晴らしいものですが、Helms夫妻はそれぞれ回答者に選ばれた経験がありました。

2. Helms 夫妻、秋田に到着

Helms 教授に "秋田は日本を代表する田舎で、田園風景、日本食と温泉を楽しむことができる" と mail をしたところ、"Seeing a rural area would be great. Japanese dishes and hot springs sound wonderful. Thanks." と返事が来ました。

8月16日木曜日夕方、秋田空港に Helms 夫妻が到着しました。私のオンボロ車で迎えに行きました。

私の車は中古車で20万 km 以上走行していて、ボコボコです。最初のキズは気にしましたが、3つ、4つ目のキズから気にならなくなり、そのうちに自宅の花壇のコンクリートに気持ちよくぶつけていました。

家内からは "みっともないから rental car を借りてくれ" と言われましたが、壊れていたクーラーを修理して、ガソリンスタンドでワックス掛けと車内掃除をしてもらうことで、私なりに納得してボロ車で接待することにしたのです。

空港での Helms 夫妻との再会ですが、Helms 教授は若々しく、Nancy 先生は相変わらずのブロンド美人でした。

聞くところによると Nancy 先生は、産後 Billy's boot camp (Tae Bo) をしたり、diet をしたりとたいへんな努力をしているとのことです。

Helms 教授は、毎日昼休みに jogging をしていました。

　ご夫妻ともに healthy and body consciousness です。私も"塩分減らして血圧を下げるようにしよう"と自戒しました。

　初日の夜は宿泊 hotel で、慈恵医科大学の福田教授にも参加していただいて、フランス料理をともにしました。

　福田先生は、話題が豊富で楽しいお話をしてくれます。自由に英語でお喋りもできて、羨ましい限りです。

　ワインをたくさん飲みましたが、私の大脳皮質は相変わらず日本語 version で、口数はどうしても少なくなってしまいました。

　とりあえず、楽しい夕食会にしてくれた福田先生に感謝の初日でありました。

3. Helms 夫妻の講演

　Helms 夫妻が秋田に来てくれることが決まったら、セミナーの参加者の人数がとても気になり始めました。

　わざわざ America から来て、ガラガラの会場では申し訳ないので、私なりに宣伝を始めましたが、とても心配になったのです。

　セミナー当日、蓋を開けてみると、会場はそれなりの参加者で埋まっていました。秋田という遠隔の地にもかかわらず、例年通りの参加者がいてくれて、ホッと胸をなでおろしました。

　セミナーのトップバッターとして、私も"肩関節 MRI を通して学ぶ撮像と読影の基本"という話をしました。秋田大学放射線科の"先輩が後輩を指導するという良い伝統"を伝えたいという思いがありました。

　続いて東北大学整形外科井樋栄二教授（＊1）に"肩関節の臨床"という内容で講演をしてもらいました。整形外科医の専門家にも講演をしていただくというのも、このセミナーの恒例です。

　8月17日、18日両日ともに Helms 教授と Nancy 先生にそれぞれ講演をしていただきました。"骨の単純 X 線写真"と"膝の MRI"の講演でした。

私は当番幹事のために、どの講演も上の空でしか聞くことができませんでした。

　後日、各先生が準備してくれたスライド・ファイルを拝見して、どの講演も素晴らしい内容で、気合いを入れてお話をしてくれたことを知り、いたく感激しました。

　私はセミナーの進行、Helms夫妻の接待のことで頭がいっぱいになり、講師の各先生に適切な挨拶、お礼をしなかったことが悔やまれました。

　（＊1）井樋栄二教授は、先生の秋田大学時代にいっしょに仕事をさせてもらい、肩関節についてイロハから指導を受けました。
　"肩関節のMRI"（Medical View社）なる教科書も、いっしょに書かせていただきました。
　井樋先生の米国に関する話は、私の米国留学の強い動機となりました。井樋先生は私を"肩関節の世界"に導いてくれた恩師であります。たいへん、地位の高い先生ですが、私は勝手に親友でもあると思っています。

4．Helms 夫妻と温泉に行く

　無事にセミナーが終わり、Helms 夫妻と温泉旅館に移動することになりました。

　途中、夫妻に "raw fish" は大丈夫かと聞くと "ダメだ" と言います。車を停めて、旅館に急遽、生魚の料理は代えてほしいと電話でお願いしました。

　欧米人にとって "Sushi" の響きは良いが、"raw fish" は気味悪い印象があることを後で知りました。

　旅館に着いて、Helms 夫妻にとって初めての畳の和室で、浴衣に着替えてもらいました。

　夫妻は講演も終わり、とてもリラックスしていましたが、日本の習慣上の礼を失さないようにとたいへん気をつかってくれています。

　Helms 教授は、お父さんが米軍に所属していた子供の頃に、福岡に住んでいたと話をしてくれました。

　しかし、温泉や公衆浴場に入るのは初めてとのことです。Helms 教授は私と、Nancy 夫人は随行の Ms.N さんと温泉に入りました。

　脱衣所でパンツを脱ぐところから解説をし、手拭いで前を隠しながら、二人で湯船に向かいました。

　露天風呂の中でゆっくり話をしていると、私の大脳皮質も少しずつ英語 version になってきて、会話ができるようになってきました。

　夕食の時には、口数も少し増えてきました。この旅館は、もともと高級鮮魚料理が自慢で料金を設定しています。突如、すき焼き、

天ぷら、肉料理に変えたものだから、女将が出てきて、"ここは田舎で、量が多くなってスイマセン"と謝っています。

そんなことは知る由も無いHelms夫妻は、量があまりに多いので、"冗談かと思った"というほどでありました。

ところで、Helms夫妻はなぜ、秋田以外のどこにも行かず、観光も、買い物もしないのかが、この時に判ったのです。

"自分は日本語ができないから、とても怖くて日本には来られない。AkitaにはRyujiがいるから来ることができた。

Ryujiは英語もできないのによくAmericaに来た。Ryujiの勇気には感心する"というのがHelms教授の説明でした。

うすうすは感じていましたが、やはり私の英語は相当下手だったようです。

翌朝、早く目が覚めたので一人で露天風呂に入っていると、なんとHelms教授がやってきました。どうやら温泉は気に入ってくれたようでした。

ホッとしましたヽ(´-`)ノ。

その後、秋田の古いお寺、田園風景、我が家で家内のお茶……、また温泉とくつろいでもらいました。

Helms夫妻は、無事米国に帰られました。

セミナーの準備から最後までバイエル薬品のMs.Nにはたいへんお世話になりました。ありがとうございました。

温泉に近い、古いお寺「蚶満寺」に行った。アメリカの人は古いものにびっくりするようだった。

浴衣に着替えたヘルムス夫妻。ヘルムス教授はお若く見える。

蚶満寺のがらんとした境内にネコがたくさんいた。Florida、Key West、ヘミングウェイの家に、たくさんいたネコ達を思い出した。

蚶満寺から、田んぼがきれいに見えた。これが、日本の田園ということにした。

滝のところで記念撮影。Nancy 夫人は本当に綺麗な先生。

鳥海山の麓の散策をした。
ここで、「Ryuji は女性より先に歩いている」と Helms 教授に言われたが、米国ではこのような時に女性を先に歩かせるのだろうか？ 熊に注意ということで、先に歩いていることにした。

我が家で家内が夫妻のためにお茶のおもてなしをしてくれた。
とてもリラックスした様子で喜んでいただけた。

あとがき

　この留学記は米国から帰国した後に、秋田大学生協のミニコミ紙「せいかつの広場」に58回にわたって連載されたものです。

　当初の原稿依頼は連載ではありませんでしたが、私は最初から長期間で連載したかったので、文末に"つづく"と記しました。書きたい気持ち、出来事がたくさんあったからです。

　留学期間はわずか13ヶ月でした。たった13ヶ月の体験ではありましたが、私の人生観を変え、私にアイテム（力）をくれました。米国に暮らしながら、日本と日本人を考えること、米国と米国人について考える時間をくれました。

　留学の自慢話になるような成果をあげたいと、欲深く、もがき苦しむこと、基本的には邪魔者になるということが私を成長させてくれました。

　米国人同士でくり広げられる会話英語が判らず、私は孤独になりました。自ずと一人で黙想、哲学をする時間が多くなりました。
　悲しかったり、楽しかったり、辛かったり、頑張ったりの密な13ヶ月でした。

この留学体験から得た強い認識が三つあります。

1. 日本人であろうが、米国人であろうが、心の根底にある人間の持つ喜怒哀楽は同じである。

2. 米国人、米国には彼らの心情、事情、立場があり、これらは米国に生まれ暮らしていないと計りしれない。

3. 英語学習は自己実現、日本の発展、世界平和に繋がります。なぜなら英語は人類が平和に繁栄するための世界共通言語であるからです。

＊＊＊

留学期間中（1999年6月～2000年7月）、留守番をしてくれた放射線科医局員の皆様、ありがとうございました。

留学記は3回の予定で頼まれていましたが、長期間の連載を意識して書き始め、おかげさまで、十年以上も続けることができました。

最初から読み返してみると、留学体験がまざまざと思い浮かびあがってきます。想い出を文章にする作業過程で、貴重な体験が何倍もの価値を持ち、記憶に残るものとなりました。

連載の機会を与えてくださった秋田大学生協さん、ありがとうご

ざいました。

　後輩達には、英語の勉強をして、留学をしてもらいたいです。

　若い読者にお願いがあります。留学の機会があれば、喜んで留学すること、そして生きて帰ってくることです。

　この連載は幸いにも大好評でありました。「せいかつの広場」の留学記を毎回、楽しみにしてくれる読者がたくさんいました。

　そして、多くの人に一冊の本として出版することをお願いされました。しかし、出版社に知り合いがいるわけでもなく、出版社を紹介してくれる人もいませんでした。

　その後何年も経ってしまいましたが、私の心の中にはこの留学記を出版したいという気持ちはくすぶり続けていました。

　そのうちに東京で仕事をするようになり、神田デザートという小さな紅茶屋さんが私のパワー・スポットになったのです。神田デザートの店主の森下さんは、某大手出版社の元編集長だった人物です。森下さんが明窓出版を紹介してくれ、めでたく出版の運びとなりました。

　読みやすく、見栄えある一冊の本に brush up してくれた編集の麻生さん、ありがとうございました。

　　Good Luck!

プロフィール

佐志 隆士（さし りゅうじ）

放射線科専門医；少数派の骨関節画像診断医、
日本でただ一人（一番）の肩関節 MRI 専門読影医

本籍地	長崎県松浦市　先祖は海賊松浦党
生まれ育ち	1953 年　兵庫県神戸市
学歴	神戸高校卒業後、受験勉強に夢中となり数年間を過ごす。その後、秋田大学医学部卒業。
仕事場	八重洲クリニック（肩関節 MRI；遠隔読影）／秋田メモリアルクリニック／その他、彼方此方
血液型	ゴミでは死なない A 型
星座	傍若無人の乙女座
性格	熱しやすく、冷めにくい
ストレス解消	どんぶらこ、どんぶらこの水泳
好きな科目	美術、物理
嫌いな科目	体育、音楽
嫌いなもの	ランニング、カラオケ
好きな食べ物	たこ焼き、キツネうどん、茄子、キュウリ
好きな飲み物	赤ワイン（血液、人間関係ドロドロ）
毎年の決意	人の嫌がることは言わない

放射線科医さし先生の
あなたの知らないアメリカ留学
〜楽しかったり、いじけたり〜

佐志隆士

明窓出版

平成二八年八月十日初刷発行

発行者 ──── 麻生 真澄
発行所 ──── 明窓出版株式会社
〒一六四─〇〇一二
東京都中野区本町六─二七─一三
電話 (〇三) 三三八〇─八三〇三
FAX (〇三) 三三八〇─六四二四
振替 〇〇一六〇─一─一九二七六六

印刷所 ──── 中央精版印刷株式会社

落丁・乱丁はお取り替えいたします。
定価はカバーに表示してあります。

2016 © Ryuji Sashi
Printed in Japan

ISBN978-4-89634-361-8
ホームページ http://meisou.com